晓松溪月 ◎ 著

悔初见 有你来

中国致公出版社
China Zhigong Press

图书在版编目（CIP）数据

幸有你来，不悔初见 / 晓松溪月著. -- 北京：中国致公出版社，2018
 ISBN 978-7-5145-1198-7

Ⅰ.①幸… Ⅱ.①晓… Ⅲ.①散文集—中国—当代 Ⅳ.① I267

中国版本图书馆 CIP 数据核字（2018）第 007627 号

幸有你来，不悔初见
晓松溪月 著

责任编辑：	张洪雪
责任印制：	岳　珍

出版发行：	中国致公出版社
地　　址：	北京市海淀区翠微路 2 号院科贸楼
邮　　编：	100036
电　　话：	010-85869872（发行部）
经　　销：	全国新华书店
印　　刷：	河北鹏润印刷有限公司
开　　本：	880mm×1230mm　1/32
印　　张：	10
字　　数：	120 千字
版　　次：	2018 年 5 月第 1 版　2018 年 5 月第 1 次印刷

定　　价： 39.00 元

版权所有，未经书面许可，不得转载、复制、翻印，违者必究。

序

你是否还记得，青春年少时写的第一封情书？不知走了多少里路，只为买来一沓精致的信纸，然后，兴奋地伏在台灯下，一边低头冥想，一边奋笔疾书。若是有一字写错，就再换一张纸，重新写。第二日见到他，小鹿乱撞，手揣进口袋，将信握紧再松开，松开又握紧，最终仍旧没有勇气拿出来，亲自送到他的跟前。

可是，这踟蹰间，正有说不出的风月。慢慢追着落霞

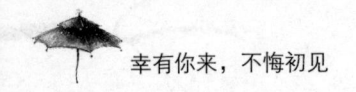

的影迹，留下一生的回忆。

自古而今，情书的生命力似乎都很顽强，每个时代，每个时期，总有一两封能打动你。这大抵与中国人含蓄内敛的性格息息相关吧。古人常常把情书称之为"尺素""鸿雁""彩笺"等，而到了民国时期，则用更简练的两个字代替个中真意——情书。

情书，顾名思义，就是为爱情所写的书信。

沈从文遇到张兆和时，写下一句："我行过许多地方的桥，看过许多次数的云，喝过许多种类的酒，却只爱过一个正当最好年龄的人。"朱生豪写给宋清如的情书，则更简练直接："我愿舍弃一切，以想念你终此一生。"徐志摩和陆小曼在《爱眉小札》中的互信，情到浓处，使人读罢，禁不住有戳心之痛："我不是醉，我只是难受，只是心里苦"。

本书一共选了11对在中国近代史上最令人动容的情侣。他们的故事，纵然随着时光的凋零，逐渐尘封进历史

序

当中,我们仍旧能从这些故事中,找到自己的影子,甚至找到对爱情的启迪。

沈从文初见张兆和,写下无数动人心扉的情诗书信,浪漫而温情,敢叫日月失色。可是之后呢,他的确抱得了美人归,只是婚后的生活,终究因两人脾性不投,互相埋怨,为后半生的冷眉相对埋下祸根。同样的情况,也发生在郁达夫和徐志摩的身上。他们穷尽一切法门,追求当时倾国倾城的美人,可一旦与其成婚,就如同画地为牢,也便没那么光彩照人了。

当然,这个世上,还是有永恒在的。

林觉民和陈意映的生死绝恋,朱生豪和宋清如的浮生相随,蒋光慈和宋若瑜的凄怆恋歌,闻一多和高孝贞的平常幸福。他们虽然都没能履行白首到老的誓言,但却都在用生命去关爱彼此。爱是呵护,是陪伴,是温暖,也是永恒。真正美好的爱情,首先建立在相互依存的关系上。若只是一方心甘情愿地付出，另外一方坐享其成，即便喜结连理，可日子久了，争吵多了，也就不会那么美好了。有句话说得好：愿望越美好，凋零起来，就越残忍。

两人的爱情升温到狂热之时，就如同一朵花盛开到最灿烂辉煌的时期，灿烂过后，随之而来的就是凋零。不过，爱情又与花有所不同。花开四季，轮回再生，一年比一年开得美丽。爱情却只有一季，错过了，便不会重来。

况且，身为当局者，我们何必计较那么多呢？爱过了，珍惜了，幸福了，开心了，遗憾也就不复存在了。古往今来，情爱始终是一个亘古不变的话题。《雁丘词》有云："欢乐趣，离别苦，就中更有痴儿女。"深陷爱河的人，应当就是如此百无聊赖吧？

从最开始的甜蜜心动，到之后的消沉觉醒，苦中自有乐，乐中还有苦。如此循环往复，不死不灭，虽是跌跌撞撞，但又何尝不是一种幸福呢？

目录

行万里路，只为遇见最好年华的你 / 001
　　沈从文和张兆和

思念再广，抵不过时间漫长 / 025
　　郁达夫和王映霞

我愿舍弃一切，以想念你终此一生 / 053
　　朱生豪和宋清如

这辈子我等你，没有因为，没有所以 / 083
　　闻一多和高孝贞

青涩不如当初，聚散不如你我 / 109
　　朱湘和刘霓君

幸有你来，不悔初见

牵你的手，历经最平凡的细水长流 / 135
　　庐隐和李唯建

没有你，我将光芒尽失 / 163
　　白薇和杨骚

爱是空白日记，任你涂鸦着回忆 / 187
　　蒋光慈和宋若瑜

越是试图忘记你，越是记得深刻 / 215
　　林觉民和陈意映

爱与不爱，老天已经成全 / 241
　　徐志摩和陆小曼

我不远千里而来，只为执你之手到白头 / 273
　　梁实秋和韩菁清

后记 / 307

行万里路,
只为遇见最好年华的你

沈从文和张兆和

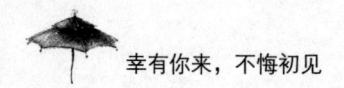

在爱情的世界里，最美的故事不是刻骨铭心的，而是平平淡淡、细水长流的。

年轻的时候，我们往往都希冀着遇见一个人：许你花前月下，许你霏雨桃花。

结果，在生命的岔口，蓦然回首间，我们等来的却是另外一个人：他很简单，也很普通。

可他却是你此生唯一的寄托、一辈子的守护。

或许，遇见比爱上更能让人满足吧……

行万里路,
只为遇见最好年华的你

浪漫情书

"我行过许多地方的桥,看过许多次数的云,喝过许多种类的酒,却只爱过一个正当最好年龄的人。"

"一个女子在诗人的诗中,永远不会老去,但诗人他自己却老去了。我想到这些,我十分忧郁了。"

"别人对我无意中念到你的名字,我心就抖战,身就沁汗!并不当着别人,只是在那有星子的夜里,我才敢低低喊你的名字。"

"我曾做过可笑的努力,极力去和别的人要好,等到别人崇拜我,愿意做我的奴隶时我才明白,我不是一个首领，用不着别的女人用奴隶的心来服侍我，但我却愿意做奴隶，献上自己的心，给我爱的人。我说我很顽固地爱你，这种话到现在还不能用别的话来代替，就因为这是我的奴性。"

"三三，我这时还是想起许多次得罪你的地方，我眼睛是湿的，模糊了。我先前不是说过吗：'你生了我的气时，我便特别知道我如何爱你。'我眼睛湿湿地想着你一切的过去！我回来时，我不会使你生气面壁了。我在船上学会了反省，认清楚了自己种种的错处。只有你，方那么懂我并且原谅我。"

"梦里来赶我吧，我的船是黄的。尽管从梦里赶来，沿了我所画的小镇一直向西走。我想和你一同坐在船里，从船口望那一点紫色的小山。我想让一个木筏使你惊讶，

> 行万里路,
> 只为遇见最好年华的你

因为那木筏上面还种菜!我想要你来使我的手暖和一些。我相信你从这纸上可以听到一种摇橹人歌声的,因为这张纸差不多浸透了好听的歌声!"

幸有你来,不悔初见

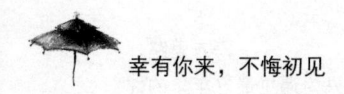

他们的爱情 / 我说我很顽固地爱你

(一)就这样被你征服

初次见面的怦然心动,到底是怎样的感觉?

沈从文在没有遇到张兆和之前,他的感情世界里竟然是一片空白,清爽的风只是在胸口微微招摇,柔软的雨亦无法闯入他单薄的衣角。

每一次看到师生恋,我都会想起孤苦无依的杨过和冷若冰霜的小龙女的故事。

杨过为了一句不知真假的承诺,黑发少年骤然熬成两鬓斑白的老翁。他苦苦支撑了十六年,挨过一个又一个难以入眠的夜，只为寻觅那一分微弱的浅浅的希望——龙儿还活着。因为活着，才会有彼此再见的机会。而今生未了的夙愿，这辈子便能够借着苍老的人世慢慢延续下去。

只是，遇见一个人，许情与他，真的有那么容易吗？

沈从文遇见张兆和，就是那么巧。

他在上海中国公学大学部讲一年级的现代文学，她是预科升入大学部一年级的女生。

他第一次讲课状况百出，言语没有逻辑，常常词不达意。

她坐在课桌前朗朗而笑，弯弯扬起眉梢，挂着云淡风轻。

十八岁，当是一个人一生中最美好的时候。那时的张兆和是中国公学女子全能第一，她聪慧过人，单纯善良，被评为学校最美的校花。

女孩子在年轻貌美的时候，自然不缺追求者。张兆和

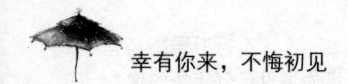

的追求者人数众多，可所有人在她冷艳的外表下，纷纷败退。她把那些追求者编成"青蛙一号""青蛙二号""青蛙三号"。无聊而寂寞的时光里，数着"青蛙"过日子，也倒有几分快乐……

自卑木讷的沈从文初见张兆和，便被其温软的样子深深地吸引了。他不敢当面表达爱意，而且自尊心极强，害怕被人拒绝。他唯一能做的，便是映着清冷的月华，写下一封封绵延着爱意的情书。二姐张允和知道这件事后，曾在她的面前开玩笑说，这个沈从文恐怕只能排到"癞蛤蟆第十三号"了。

她没有做出回应，而是在无人的夜里，将信贴在胸口上，对着漫天的星光暗自窃笑。后来的日子里，每当沈从文寄过来一封信，她都会小心翼翼地把它们收集起来，一一编上号码。她知道爱情来得急促，还不敢贸然接受。花季雨季的少女，喜欢顺其自然的爱情。双方不要步子跨得过大,亦不要相互疏离。有时,保持一种距离,不近不远,才是恰到好处。

沈从文不晓得这些,他只是觉得,若是喜欢上,便要费尽全力去得到。他又开始写起情书,每一个字,每一句话,都甜得令人发怵:

"莫生我的气,许我在梦里,用嘴吻你的脚,我的自卑处,是觉得如一个奴隶蹲到地上用嘴接近你的脚,也近于十分亵渎了你的。"

"爱情使男人变成傻子的同时,也变成了奴隶!不过,有幸碰到让你甘心做奴隶的女人,你也就不枉来这人世间走一遭。做奴隶算什么?就是做牛做马,或被五马分尸、大卸八块,你也是应该豁出去的!"

这样的男人,发狂着魔似的表达爱意,应该没有几个

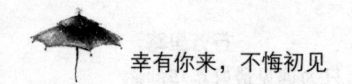

女人敢接受吧？看到"下跪""寻死""甘做奴隶"这样的字眼，估计很多女子早就被吓得怯怯地远遁了。

如果说起初，张兆和觉得这个男人还算有点意思的话，日子久了，他的狂轰滥炸，终究搅乱了她的生活。况且，学校里流传起风言风语：沈从文因为追求不到张兆和要自杀。她再也承受不了这样的压力，便拿着沈从文给自己写的全部情书去找校长理论。那时，校长正是胡适。他知道沈从文一向痴爱着张兆和，劝她说："他非常顽固地爱你。"张兆和冷冷回应一句："我很顽固地不爱他。"胡适又说："我也是安徽人，我跟你爸爸说说，做个媒。"张兆和连忙说："不要去讲，这个老师好像不应该这样。"

为人师表，不应该和女学生谈恋爱吧？在张兆和的认知中，学生和老师之间，只是单纯的师生情，并不能够夹杂进别的情感。她，在爱情的世界里是冷静和理智的。

从校长办公室出来，张兆和对着清冷的风苦笑，或许，她真的逃不掉这个人的纠缠吧？他的文字宛如摄人心魄的魔球，一字一句，裹挟着让人难以抵抗的魔力。只是，爱上一个人，仅仅凭借柔言蜜语的情书就能打动对方吗？张兆和虽然拒绝，但她也在等沈从文的一个奋不顾身。毕竟，女孩子要的爱情很简单——独一无二。

沈从文没有轻言放弃，反而越挫越勇。他写的情书越来越多，温柔的句子仿佛炙热的暖流，渐渐融化了张兆和冰冷坚固的内心。

（二）我在等你转眸一瞬

终于，他们有了第一次近距离接触。

1932年夏天，沈从文带着一大包西方文学名著，轻轻叩响了张家的大门。他忐忑地站在门口，双手紧紧捏着书籍，非常期待看到张兆和的那一刻。何曾想到，门打开后，

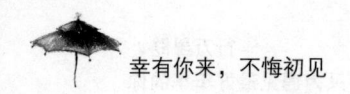

站在他面前的竟然是二姐张允和。

张允和请他进来坐坐,他瞟了一眼弄堂,想用最后一丝希望捕捉到张兆和的踪迹。可是,弄堂很窄,根本没有人。他失落地垂下头,柔柔地叹息一声。张允和发现了沈从文的魂不守舍,告诉他三妹去图书馆了,让他进屋来等。沈从文摇头,不言也不走。

张允和看出他的心思,向他索要了地址。沈从文这才稍稍回神,一个人抱着书籍,伴着冷冷的暮色,踏在夕阳如血的长街上,不知不觉地走到了旅馆。那晚,他无法安然入睡,满脑子想的尽是张兆和柔情的模样。

沈从文的诚心诚意,让在爱情边缘徘徊的张兆和有了丝丝悸动。她终于鼓起勇气将沈从文请到家里,两人的距离,慢慢被时光拉得越来越近。

细微处动人的爱情,仿佛一只海鸥轻掠过海面,掀起一层层涟漪。女人需求的不过是男人的诚心诚意,而男人期待的恰恰是女人的百转柔情。在眉山目水间，给予对方一次信任，而后的岁月里，才会多几分情缠。

后来，沈从文回到青岛，立即给张允和写了一封信，提出与张兆和之间的婚事："如爸爸同意，就早点让我知道，让我这个乡下人喝杯甜酒吧。"

张兆和的父亲回应得干净利索："儿女婚事，他们自理！"

1933年9月9日，沈从文和张兆和终于在月老的护佑下，在当时的北平中央公园宣布结婚。爱情的美好浪漫，在这一刻，伴随着流光的匆匆而逝，永远定格在一张浅浅而笑的结婚照上。

真正爱一个人，应当是掏心掏肺的付出吧？诚如沈从文，在母亲病危时，他只身赶往凤凰探望。映着沉沉夕阳，他坐在狭窄的船舱中，一字一句地给远在北平的新婚妻子写信："我离开北平时还计划每天用半个日子写信，用半

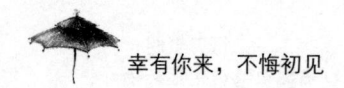

个日子写文章,谁知到了这小船上却只想为你写信,别的事全不能做。"

全不能做?当是一种深深挂念和惦记吧。男人若是着了魔,多半是疯狂和执拗的。徐志摩当年追求林徽因,认定她就是自己独一无二的"女神",遂狠心抛弃结发妻子和孩子,毅然决然地在离婚协议书上签字。他焦灼地跟张幼仪说:"你是晓得的,我等不及了!"

男人痴情起来,有时如山洪海潮一样汹涌。

徐志摩是,沈从文亦是。

美好的爱情和现实的生活是两码事。在恋爱时,双方可能是天边的白云,自由自在地翱翔,无拘无束,总觉得浪漫就该是这样。可是,彼此一旦被狠狠地拽到现实中,便不得不融进"柴米油盐酱醋茶"的世界里。甜如蜂蜜的情书,永远无法收买窘困潦倒的生活。女人若是做了家庭主妇,曾经的光鲜和风华绝代,就不得不被磨得粗糙起来。

（三）你是红颜，却非知己

27岁，张兆和不再青春。面对着岁月的摧残、皱纹的加深、皮肤的干燥，她渐渐意识到：女人不爱惜自己，谈何能被别人爱惜？她义正词严地说："不许你逼我穿高跟鞋、烫头发了，不许你以怕我把一双手弄粗糙为理由而不叫我洗衣服做事了，吃的东西无所谓好坏，穿的用的无所谓讲究不讲究，能够活下去已是造化。"对此，沈从文虽不甘，但也无话可说。他无法给予妻子美好的生活，在冷冷的现实中，他唯一能做的，便是尽最大努力还给妻子一个安稳的家。不过，沈从文也无比清楚，他内心深处需求的是精神层面的爱情，在爱情的精神世界里，他的投入，远远大于张兆和。

沈从文怀揣着这一份情感，在踏云逐月的路上，留下

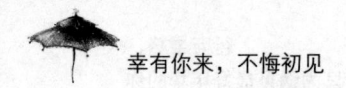

一封封思念张兆和的情书：

三三，乖一点，放心，我一切好！我一个人在路上，看什么总想到你。

有上万句话，有无数的字眼，一大堆的微笑，一大堆的吻，皆为你而储蓄在心上。

这其中，最让人难以忘怀的，应当是那一句：

我行过许多地方的桥，看过许多次数的云，喝过许多种类的酒，却只爱过一个正当最好年龄的人。

在沈从文的面前，张兆和的光华并没有因此而暗淡下去。

相反地，在大文学家的衬托下，她的字句反而有一种别样的美丽。相对于沈从文,她缺少暖情,自始至终都冰冷得如同"小龙女",很少说甜蜜的情话,也很少写信。但是,她柔情的一面若是激出,又让人顿觉到刹那的暖意。她给沈从文回信说:

> 长沙的风是不是也会这么不怜悯地吼,把我二哥的身子吹成一块冰?为了这风,我很发愁,就因为我自己这时坐在温暖的屋子里,有了风,还把心吹得冰冷。我不知道二哥是怎么支持的。

如果没有刹那的激滟,或许他的心,有一天也会死去吧?张兆和选择沈从文,不知道有没有一种妥协和退让。但随着时光的慢慢拉长,他们之间的故事,越来越多地被流沙淘洗,而后一件件翻涌上来。我们才真真切切地看到,张兆和更像是沈从文的红颜,却非知己。

1937年,抗日战争爆发,举国一片疮痍。沈从文担心张兆和的安危,问她是否愿意跟着自己一块儿到昆明的西南联大教书。她迎着悲凉的秋风,硬生生掷下几个字:"孩子需要照顾。"或许,她真的不爱沈从文吧。若是爱过,在纷扰的乱世中,他们应当同进同退,给予彼此信任和关心,而不是互相之间的放弃。他爱她花光所有勇气,而她拒他,只是冷冰冰几个字。

面对着残酷的现实,沈从文凄凄切切地说道:"你爱我,与其说爱我为人,还不如说爱我写信。"提到这儿,他似乎妄揣到什么,又补充说道,"即或是因为北平有个关心你、你也同情他的人,只因为这种事不来,故意留在北京,我也不嫉妒,不生气。"

婚姻,最考验人的地方莫过于两人之间的距离。他受不得相思煎熬,认为一日挨过一日,便是对生命的轻贱。她却风轻云淡,不愿回去,自然就随着性子。在沈从文强烈的催促下，张兆和终于带着两个儿子来到昆明。只是，她不愿与他同住，而是住在离他有一段距离的呈贡。为了能够见到张兆和，沈从文往往要走很远的路，"小火车拖着晃一个钟头，再跨上一匹秀气的云南小马颠十里，才到呈贡县南门"。

在爱情的世界里，他早已迷失了自己。男人一旦沦为爱情的奴隶，下场自然而然地悲烈。他是一个极其缺少安全感的人，孤注一掷的人对自己淡漠，他就觉得爱情的果实正一点点地被侵蚀，甚至到了腐烂和坠亡。

爱情幻灭之后，他开始向高青子表慕爱意。他的每个词、每一句，都是对张兆和看似无关的抗议。诚然，早在张兆和留在北平时，他就已经开始与高青子产生感情了。

家庭的支离破碎，爱情的忽冷忽热，突然让他有点招架不住。他明白，理想国的爱情之花很难在现实中找到相适宜的土壤。毕竟，他自始至终都没有打动张兆和，只是

幸有你来，不悔初见

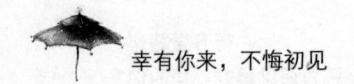

一直依靠着爱慕撑到现在。两个人貌合神离的爱情，注定了此后的万般不太平。沈从文渐渐被日常生活所牵绊，曾经的激情也慢慢融进"柴米油盐"当中。

岁月无痕，流光凝滞。历经一系列的磕磕绊绊之后，两人再度相聚。曾经的如纱旧事，都被双方搁浅在过去。幸福的归途，永远定格在那一封情书上，那一个人的心里，以及那一段刻骨铭心的感情故事里。如是，何求？

尺素·遥寄

"你可不明白，我一定要单独时，才会把你一切加以消化，成为一种信仰，一种人格，一种力量！至于在一处，你的命令可把我的头脑弄昏了，近来，命令稍多，真的圣母可是沉默的。"

> 行万里路，
> 只为遇见最好年华的你

"离你一远，你似乎就更近地在我身边来了。因为慢慢地靠近的，是一种混同在印象记忆里品格上的粹美，倒不是别的，这才是生命中最高的欢悦！简直是神性，却混和到一切人的行动和记忆上。我想什么人传说的'圣母'，一点都不差……"

1969年11月，沈从文即将被下放到干校劳动，临走前，张允和来看望他。在沉沉暮色下，沈从文叫住她，将一封皱头皱脑的信从鼓鼓囊囊的口袋里掏出来，又像哭又像笑地对她说："这是三姐给我的第一封信。"

沈从文把信举起来，纵然时隔这么多年，脸上依然挂着羞涩和温柔。张允和提出要看看，沈从文陡然将信放下来，像给她又不像给她。最后把信贴在胸口温存一会儿，又塞进口袋里，右手紧紧抓着信，再也没有伸出来。沈从文忽然说道："三姐的第一封信——第一封。"说着就吸

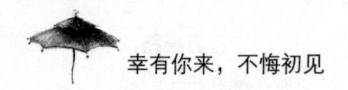

溜吸溜哭起来……

　　他们之间，终究有说不清的原因，止步于婚姻。可沈从文明白，这么多年过去了，那些所有的委屈和不快，早已化作一缕清风，飘然飞散。数年后，当他乘着开往天堂的列车，从此远离三姐时，那一分愧疚和不安，再度从内心深处激出。在他神志模糊之前，他牢牢抓紧张兆和的手，哽咽着说了一句："三姐，我对不起你。"——这是他生前说的最后一句话。

　　"从文同我相处，这一生，究竟是幸福还是不幸？得不到回答。我不理解他，不完全理解他……"

　　"我本来不喜欢他，可是，他追得太厉害了，他那么爱我……"

　　恒心和毅力，确实能融化一颗冰冷的心。但是，倘若有一天，你真的追到一个初见便无比庆幸的人，是否想过，两人在一起后，真的能获得幸福？

强扭的瓜不甜，死缠烂打只是偏执的表现。

张兆和和沈从文，始终是他爱她多一点，而她，却从未感受到幸福。反观同时代的杨绛和钱钟书，他感激她的默默无声、心甘情愿的付出。而她，亦感激他的体贴和爱护。两人之间，若是无法搭建一条平等的桥梁，自然就无法获取相同的爱。

60年婚姻，60年等待，60年的苦苦追寻，依然解不开暗藏60年的心结。

此生，若是不爱一个人，千万别被他的花言巧语欺骗，进而抱着一辈子被他"欺骗"下去的心理。梦中的爱情和现实中的爱情是两码事，人一旦迈错了步子，便再没有回头的可能。如同晚年张兆和的慨叹："我不知道，这是幸还是不幸！"

思念再广,
抵不过时间漫长

郁达夫和王映霞

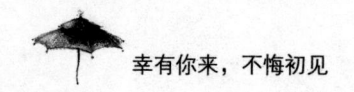

爱情的承诺期是多少年？曾经许下的海誓山盟，真的如昨夜的烟花，情义虚空吗？

这是个亘古难解的命题。世上有太多的痴男怨女，明明付出了真心，最后却败给了承诺。

遇见一个心动的人容易，而爱上一个心动的人，往往要慎之又慎。

太看重承诺的人，太容易受伤。毕竟，万事沧桑的变迁，不是一两句话就能承诺得起的。

可是，有时，我们又无比期待着承诺。因为有了承诺，也就有了证明他爱你的心。

既然如此，是永恒还是刹那，又何必太在乎呢？

> 思念再广,
> 抵不过时间漫长

浪漫情书

"两月以来,我把什么都忘掉。为你,我情愿把家庭、名誉、地位,甚而至于生命,也可以丢弃,我对你的爱,总算上切而且是挚了。我几次对你说,我从没有这样地爱过人,我的爱是无条件的……"

"所以由我讲来,现在我所最重视的,是热烈的爱,是盲目的爱,是可以牺牲一切、朝不能待夕的爱。此外的一切,在爱的面前,都只有和尘沙一样的价值。"

"真正的爱,是不容有利害的打算存在于其间的。所以我觉得这一次我对你感到的,的确是很纯正、很热烈的

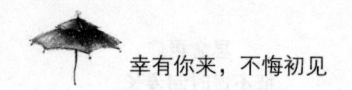

爱情。这一种爱情的保持，是要日日见面，日日谈心，才可以使它长成，使它洁化，使它长存于天地之间。"

"映霞，映霞，我写了这一封信，眼泪就忍不住地往下掉了，我我……"

"沪上谣言很盛，杭州不晓得安稳否？我真为你急死了，你若有一点怜惜我的心思，请你无论如何，再写一封信给我！"

"我无论如何，只想和你见一面，北京是不去了。什么地方也不想去，只想到杭州来一次。请你再不要为我顾虑到身边的危险。我现在只希望你有一封回信来，能够使我满意。"

"人家虽则在你面前说我的坏话，但我个人，至少是

> 思念再广，
> 抵不过时间漫长

很 sincere（诚挚的、真诚的）的，我简直可以为你而死。"

"这一次见到你，才经验到情爱的本质，才晓得很热烈地想爱人的时候的心境是如何紧张的。此后，想永远地将你留置在我的心灵上膜拜。"

"我从没有这样地爱过人，我的爱是无条件的，是可以牺牲一切的，是如猛火电光，非烧尽社会、烧尽自身不可的。"

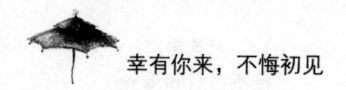

他们的爱情 / 我的爱是无条件的

如果没有石库门房子的那次邂逅,多情才子郁达夫,或许不会爱上杭州第一美女王映霞。那些有关风花雪月的旧事,也终将会被时光深深埋葬,模糊。

只是,这个世上没有那么多如果。爱上便是爱上,每个人每段情,都不是自己所能左右的。

在没有遇到王映霞之前,郁达夫已经有一位贤良的妻子。

他们夫妻生活得相当甜蜜,郁达夫甚至想过,找一个世外桃源,过一世安稳,远离凡俗的喧嚣。可是,王映霞的出现,还是戳中了他最柔软的心房。他已然明白,素有"荸荠白"雅称的王映霞,早已成为他生命里最深刻的印记。

> 思念再广，
> 抵不过时间漫长

在新社会，没有谁会愿意甘当一个男人的小妾，更何况是艳绝苏杭的王映霞。

当听到郁达夫有妻室的消息时，王映霞犹豫了，想要尽快抽身。可是，郁达夫浓情蜜语的连番轰炸，还是收服了美人冰冷的心。

兵荒马乱的年岁里，他们相互搀扶着走过春秋冬夏。

有幸福，有甜蜜，有争吵，也有反目。王映霞骨子里盛着冷傲，宛如冬天的一束红梅花，妖艳而冰冷着。郁达夫则是冬天里的一把烈火，为她驱逐着漫漫长夜里的阴寒，送来温暖。

然而，曲终人散尽，飞鸟各投林。

这对令世人艳羡的"才子佳人"，终究因为岁月的磨砺，反目成仇。唯有那一封封承载着无限爱意的信笺，伴随着月白风清，在流光里生根发芽，不老不死。

幸有你来，不悔初见

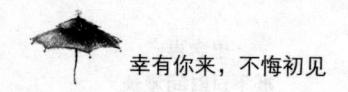

（一）南方有佳人，遗世而独立

王映霞说："我认识郁达夫时才虚岁二十。"

20岁，无须刻意雕琢，当是最纯真美好的年纪，难怪女神会有那么多人惦记。曾经，坊间流传过这样一句话："天下女子数苏杭，苏杭女子数映霞"。她居"杭州四大美女"之首，惊世的容貌，曼妙的身姿，多情的目光，曾让太多见过的人为之倾慕。

痴情才子郁达夫，初见她，在上海马当路尚贤坊40号的上海内山书店。那日，他穿着妻子孙荃刚刚从北京寄来的新袍子，本来要去拜访一位昔日的好友孙百刚。可他万万没想到，在同窗的客厅中，居然会遇到她。

王映霞的眸子是深黑色的，在阳光的照耀下，眨眼间，似乎蕴含着万千风情。郁达夫心里"咯噔"一下，在数九

> 思念再广，
> 抵不过时间漫长

寒冬的时节，他的前额居然沁出了一颗颗晶莹的汗珠。他虽然有了妻子，但从未有过怦然心动的感觉。这一次，面对着王映霞的绝世容颜，大文人郁达夫，彻底败北。

他们天南海北地胡侃，他静静听王映霞细说，随后的每一句话，都顺着她的兴趣往下蔓延。可是，短短几个小时的相处，又怎么可能够呢？为了更多地接触美人，他阔绰地要了一辆汽车，请孙百刚夫妇和王映霞一起到南京路的新雅酒店就餐。

席间，他高举酒杯，借着酒店璀璨的光芒，用日语对孙百刚说："我近来寂寞得跟在沙漠里一样，只希望出现一片绿洲。你看绿洲能出现吗？"孙百刚明白了好友的心思：柔情百转的郁达夫，看上了娇媚多情的王映霞。

寂寞的光阴里，郁达夫写下一封封情书、一首首情诗。他的执着和热忱，让王映霞的心间激荡起层层涟漪。这位文坛巨子，她很早前就关注过。曾经，无数个难以入眠的

033

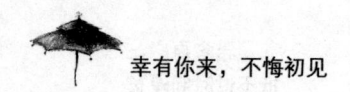

夜里，她手捧着书卷，焚香而坐，读着郁达夫的《沉沦》《春风沉醉的晚上》。

"如是，我闻，仰慕比暗恋还苦。"诚然，郁达夫没有出现在她的世界前，两个人是隔着文字相识的。初见后，他宛如烈火的攻势，一步又一步，打得王映霞措手不及。她多么想一个转身，像小女生一样扑向他的怀里，没有顾虑，没有烦忧。

但是，他早已有了妻室，而王映霞也绝不愿当小三。更何况，郁达夫比王映霞大12岁，巨大的年龄差距，不得不说是横亘在两人之间的难以越过的鸿沟。可是，郁达夫不怕，他甚至将所有的赤诚都倾注在了她的身上。

"我已经失去了理智，哪里还辨得出是一时冲动还是永久感情？我只知道她是我的生命，失去了她，就等于失去了我的生命。"

> 思念再广,
> 抵不过时间漫长

在寒风中,他竟流着泪掷下这样一句深情饱满的话。朋友们被他的深情所打动,但却并不同情。试想,一个三十有余的大叔,有了妻室,有了孩子,却没有房子,没有财富,也没有权势。一个19岁的妙龄少女,为何要冒险嫁给他呢?难道看上的仅仅是他那满腔的才华吗?

她的身边向来不乏追求者:有功成名就的高级官员,有才学渊博的留学公子,也有家财万贯的富家少爷。可她唯独缺少一个将全部生命和热忱都献给自己的人。朋友们都不赞同这场不伦之恋,孙百刚更是给王映霞介绍了多个相亲对象。然而,郁达夫的百般纠缠,还是让那些不愿付出真心的男人接连退出。

"我对映霞已入了迷,着了魔,勾了魂,摄了魂。"

为了追到女神,他用镜花水月的笔,写下万千字的情

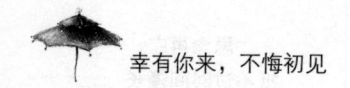

书。他想方设法地找到王映霞的地址，天天给她发快信，甚至一天发数封。女人的心都是柔软的，一首"朝来风色暗高楼，偕隐名山誓白头，好事只愁天妒我，为君先买五湖舟"终究俘获了佳人的心。

月光之下，王映霞将信捂在胸口，久久不忍释怀。冷静下来后，她深情款款地写下"我也爱你，之死靡他……"。流离的月华做指引，他们终于定情。

（二）如是，我闻，仰慕比暗恋还苦

1927年6月，在美丽的西子湖畔，一对新人正式携手步入婚姻的殿堂。

她19岁，他31岁。一个风华正茂，一个不再青春。

他们婚后在上海定居，生活得相当散漫和滋润。王映霞虽是仙子落入凡家，但却肯为他放下身段，开始学习买

> 思念再广，
> 抵不过时间漫长

菜、洗衣、做饭、煮茶、打扫卫生。郁达夫的身体不好，患有长久的肺痨，王映霞不仅没有嫌弃他，还经常给他熬炖补品，调理身体。

最可怕的是，郁达夫嗜酒如命。他曾因为喝酒被关进看守所，也有一次，夜里醉卧雪地，昏睡不起。如果夫妻之间起了争执，王映霞说了令他不开心的话，他甚至会甩甩衣袖，离家出走。

"我原谅他的病态，珍惜他的不健康的身体；另外，还感佩着他的才华。于是，只能言归于好！"

王映霞不计较他的脾气，以自矜和包容维护着这段来之不易的婚姻。她的大度和雍容，加上郁达夫的多情和浪漫，给两人的生活也增加了很多情趣。郁达夫将他们的生活记录下来，唤作《日记九种》，发表在了报刊上，似乎

幸有你来，不悔初见

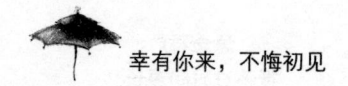

想把他们的快乐分享给更多的人。

安静祥和的西湖，因为有了两位佳人的闲适漫步，才有了难以言说的风韵。"倚楼听风雨，淡看江湖路"，说的大概就是这种感情吧。

1933年4月，郁达夫借了很多钱，顶着巨大的压力，给王映霞修建了一栋别墅——风雨茅庐。他原以为，这里会是一片桃花源，远离硝烟和战火的侵扰，可以过上一段安定的生活。可是，时间久了，这一份安定，却被王映霞不甘寂寞的心悄悄打破。

她从来都不是一个安于平凡的人，她拥有着绝世倾城的容颜，她的美丽应该让更多的人看到，她喜欢在众人的聚焦下，一点点释放自己的热情和活力。曾经，因为爱情，她放下所有身段，甘愿当一名普普通通的妇人。现在的她不甘沉沦，她要做回自己，犹如一只纵身九天的凤凰，舒展开羽翼，朝着仰慕自己的万鸟群飞去。正如郁达夫所言：

> 思念再广,
> 抵不过时间漫长

"王映霞奉行名媛做派,布衣暖菜根香,本非她的理想人生。"

郁达夫不喜社交,却独爱寄情于山水和写作。两个人之间,本应该拥有的激情和快乐,被现实磨得棱角分明。自此,他有他的世界,她有她的生活。

终于,他冲破牢笼,重获了一次自由。可他不会想到,这次自由的放逐,竟然会成为自己一生追悔莫及的痛。

1936年2月,郁达夫前往福州政府任职,他以为脱离王映霞的管束,获得欢畅和自由,便是而今最大的快乐。他依然十分想念王映霞,晚上一个人时,常常一边写信,一边暗述相思。当王映霞提出来福州看他时,他又十分倔强地以辞职相要挟。郁达夫的内心是矛盾的,可是,他不会想到,这种矛盾,恰恰给了别人可乘之机。

浙江教育厅长许绍棣十分仰慕王映霞的美雅,他如很多倾慕王映霞的男子一样,初见面,心跳怦然,不能自已。

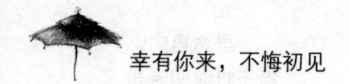

于是,他将内心的波动,写进一封封暧昧的书信中,想借此表达渺茫而稀薄的爱。1938 年的一天,郁达夫前往武汉赴任,路至家中,没有见到王映霞,反而看到许绍棣写给王映霞的三封信件,登时火冒三丈。在爱与恨的撺掇下,他在汉口的《大公报》刊登了一则寻人启事。

王映霞女士鉴:

　　乱世男女离合,本属正常。汝与某君关系,及携去之细软衣饰现款契据等,都不成问题,唯汝母及小孩等想念甚殷,乞告以住址。

　　盛怒之下,他甚至想把那三封信的内容全都翻印出来。若不是好友郭沫若的劝阻,这段在乱世中风雨飘摇的姻缘,怕是早就断了。面对家丑,他不仅没有捂住息声,反而想着如何让全天下的人都知道。这种近乎病态的心理,很难

> 思念再广，
> 抵不过时间漫长

让人说得清，他究竟中了什么魔。他还曾暗揣，王映霞不在家，又找不到人，极可能是与人私奔了。

终于，在王映霞回到武汉后，他带着满腔的愁怨与王映霞大吵了一架。两个人，在一来一去的争闹中，互生恨意。王映霞不再辩驳，选择离家出走。她想以出走换取丈夫的疼怜，可是，丈夫还给她的，却又是另外一把刀子。

第二日清晨，郁达夫在报纸上刊登了"警告逃妻"一文。言语之中，说尽妻子的出轨和离家出走之事。他的怒气像是一团火焰，绵延在每一份报纸上，想说给很多的人听。

这场怒火没有持续太久，在好朋友们的劝说下，他放下积怨很深的痛，又在报纸上刊登了《道歉启事》，给这场争闹画上一个句号。只是，这个句号一点也不圆满，甚至遍布着裂痕。他们多年来的婚姻，也从这件事后，落得个暗生嫌隙的下场。

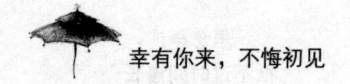

（三）你欠我幸福，拿什么弥补

有些感情一旦存在裂痕，产生猜忌，便再难愈合。

曾经的富春江上神仙眷侣，终究躲不过凡人的情劫、凡人的苦恼、凡人的分分合合。

美好的岁月中，深藏着的是过往的甜蜜、今朝的苦愁。

又何尝不是一个人的退出，另外一个人的念念不忘呢？

喜欢王朔说的几句话："晚上睡觉，我摸着你的手，就像摸我自己的手一样，没有感觉。可是要把你的手锯掉，也跟锯我的手一样疼。

真希望在电影里过日子，下一个镜头就是一行字幕：多年以后。

你还年轻，依然漂亮。"

> 思念再广,
> 抵不过时间漫长

因为深深爱着,所以郁达夫将王映霞看作自己身上的一块肉。

他知道,每一次挖心挖肺的中伤,都是对两人最大的伤害。锯掉她的手,自己焉能不疼呢?可是,他想不出更好的法子,缓解横亘在两人心间的狐疑。他只能这样一而再再而三地任性下去。不过,再汹涌的海浪,终究有一天会归于平静。郁达夫和王映霞,在历经一系列的考验后,订下协议,言归于好。

让过去埋入坟墓,从今后各自改过,各自奋发,再重来一次灵魂与灵魂的新婚。

只是,婚姻的价值,不在于一张纸,而在于两颗心。用纸来约束的感情,就好像是言不由心的承诺,说要毁灭,简直比六月的天变得还快。

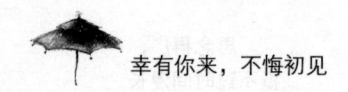

狂风暴雨来临前,总会有一阵乌云预警。

郁达夫和王映霞的感情裂变,也经历了一次黑云压城的危机。郁达夫的好友汪静之曾经透露,王映霞在武汉时独自参观过大汉奸戴笠的洋楼别墅,甚至还为戴笠堕过胎。

在乱世动荡的大背景下,一个女人想要苟安,该是一件多么困难的事情。更何况,他是杀人如麻的特务头子——戴笠。这场不明不白的往事,终究因为时光的飞逝,渐渐淹没在历史的海洋中。真真假假,恐怕只有当事人才知晓吧!

大风大浪之后,两人都想过一段平平淡淡的生活。于是,1938年底,郁达夫带着妻儿来到新加坡南洋诸岛宣传抗战。纵然离开了满是伤痕的杭州,可身处异域,依然没有消除两个人之间的隔膜。她无法汲取曾经的爱与关怀,亦无法与亲人和朋友一述忧恼。而他,经常翻出过往的旧

> 思念再广，
> 抵不过时间漫长

事，冷笑、奚落，早已是家常便饭。

一次争吵，两人又到了焦灼对峙的局面。气愤难消的郁达夫，在报刊上刊登了《毁家诗纪》19首，洋洋洒洒的笔墨，娓娓道来王映霞红杏出墙的始末。原本，他或许只是想发泄愤懑。过去了沸点，应该就能平复心潮。可是，他万万没想到，王映霞会在香港的《大风》旬刊上看到这首诗，而且，因为这首诗，维系12年的婚姻，在新加坡惨淡收场。

王映霞回国那日，郁达夫郁郁难平，他给王映霞寄出一封信，终日望着海面上浓烟滚滚的汽笛，暗自神伤。他写道："愁听灯前儿辈语，阿娘真个几时归。"想要借助子女之口，劝回去意已决的王映霞。可是，为时已晚，她决定不复再来。

王安忆说过："年少时不知道什么是爱，以为自己高兴了就是爱，不高兴了也就不爱了，直到失去了某个人，

幸有你来，不悔初见

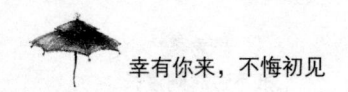

才猛然发现，爱字冗长得太多太多，岂是三两句、几页诉说能阐明的？"

爱这个字实在太冗长，有的人用一年两年来看透，有的人却用尽了一生。郁达夫和王映霞用了 12 年来体会何为爱，又要用一生去强塞千疮百孔的心。有些时候，不是因为离开就不爱了，恰恰是因为，爱得越深，越想遁逃。因为害怕再次受伤，所以每一次的碰面，都是对记忆的无情撕裂。如果不爱，又何须在意那些旧事呢？

可是，他不是圣人，做不到风轻云淡。

1945 年，郁达夫在印尼的苏门答腊被日军杀害。这一年，他仅 49 岁。王映霞离开后，他曾娶过一位新加坡籍的女子何丽，过了一段淡雅安定的日子，只是，那人不再是心中念念不忘的映霞。王映霞也在 1942 年，嫁给了一位富商——钟贤道。在平平淡淡中，花尽了余生。

光阴远逝，不复再来。

> 思念再广，
> 抵不过时间漫长

唯有那些故事，镌刻在历史的墙壁上，每当被后人看到，总会掀起一抹欣羡和感伤。

欣羡的是当初的富春江上神仙侣。

感伤的是而今的相思相望不相亲。

尺素·遥寄

"如果没有前一个他（郁达夫），也许没有人知道我的名字，没有人会对我的生活感兴趣；如果没有后一个他（钟贤道），我的后半生也许仍漂泊不定。历史长河的流逝，淌平了我心头的爱和恨，留下的只是深深的怀念。"

因为郁达夫，我们才知道王映霞。又因为王映霞，我们才了解了一个最为真实的郁达夫。

幸有你来，不悔初见

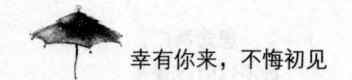

王映霞本来不想放弃这段婚姻，她曾经尝试着在印尼的荒岛上执教，可是待了一个学期，她终究受不得那边的贫瘠，加之郁达夫的打击，最终狠心离开。

离婚那年，她已经34岁。不再青春，不再靓丽，不再婀娜。她的脸上开始爬起皱纹，就连微微一笑，都会流露出岁月的痕迹。她把最好的年华给了郁达夫，换来的却是一个人孤苦无依的漂泊。她不甘于平庸，因为她从来都没有平庸过。年轻时，她是苏杭第一美女。这才过去十几年，人还是那些人，她何必要服老？

于是，她开始用力打扮自己，频繁出现在各大交际场所。有戴笠给她撑腰，她仿佛一只飞入丛林的蝴蝶，尽情地享受着这片自由的国度。见过王映霞的都觉得奇怪，因为对于一个交际明星来说，总要有几个嗜好。王映霞却是一个例外，她不抽烟、不喝酒、不看戏、不打牌，也不跳舞，甚至连喝茶都可有可无。这不禁让人怀疑，她还能喜欢什

> 思念再广，
> 抵不过时间漫长

么呢？

也许，交际只是她排遣内心孤独的一种方式。一旦心中的王子出现，她就会收敛起这些风尘中庸俗的行为，期待着融入家庭中，做一个相夫教子的好妻子。

这一切，郁达夫给不了她，但有一个男人能给。

他叫钟贤道，是当年担任过外交部部长的王正廷的得意门生。在王正廷的牵线搭桥下，1942年，钟贤道与王映霞在雾都结婚。婚礼的排场相当气派，贺客盈门，宴宾三日，震惊了整个山城。一时间，王莹、胡蝶、金山等大明星，纷至沓来，络绎不绝。一个女人的一生，等到一个搀扶到老的男人，拥有一场终生难忘的婚礼，当有一种被高高捧起的幸福感吧？她的确满心欢喜，后来回忆说："我始终觉得，婚礼仪式的隆重与否，关系到婚后的精神面貌至巨。"

钟贤道为人老实本分，又极富浪漫主义情怀。他不似郁达夫，恋爱时甜言蜜语，结婚后恶语相加。钟贤道知道

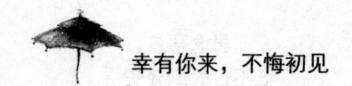

一个女人想要什么样的生活。他懂得，爱一个人就是珍惜她的年华，留住她的青春。所以，他曾许诺说："我懂得怎样把你已经失去的年华找回来。请你相信我。"

他的确做到了。婚后，他们的日子过得相当安稳。王映霞辞去了外交部的工作，正式回归家庭，"三日入厨房，洗手做羹汤"，幸福无比。晚年的王映霞曾说过："他是个厚道人、正派人。我们共同生活了三十八年，他给了我许多温暖安慰和幸福。对家庭来说，他实在是一位好丈夫、好父亲、好祖父、好外公。"

她的前半生，拥有"杭州第一美女"的雅称。因为漂亮，她成为世人口中茶余饭后的谈资。优雅、大方、楚楚动人，早已无法形容她的美丽。所以，才会有那么多的政界、文化界、教育界的人，纷纷拜倒于她的石榴裙下，近乎疯狂，不能自已。

她的后半生，过起相夫教子的生活。平平淡淡，现世

> 思念再广，
> 抵不过时间漫长

安稳。在波澜不惊的时光里，钟贤道与她不知不觉走过38年，没有争吵，没有打闹，没有不忠，没有讥笑。有的只是互相理解、爱护、体贴的普通老百姓的生活。她需求的，不过如此。

1980年，钟贤道病逝。他陪伴了王映霞近半辈子，用尽所有法门讨她欢心，他还想继续讨好下去，可是上天，已经不给他时间了。

真正美好的婚姻，大抵如此吧。以平淡固守着爱情，最终慢慢由爱情转化为亲情。惊世绝俗的爱情故事，不过是岁月中激起的一朵朵浪花，可以美丽，可以曲折，可以动人，但是，却不能永生不息。刻骨铭心是年少时的张扬，平平常常才是一个人、一场婚姻最后的落点。

20年后，王映霞病逝于杭州，终年92岁。这一位跨过世纪的老人，安详地走完了跌宕起伏的一生。她的传奇，由大文豪郁达夫缔造。可她最痴最恋的，恰恰是钟贤道给

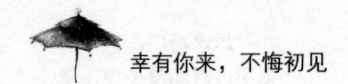

予的家的温暖。这一辈子,王映霞能得到世间两位出色男子的眷顾,不论个中的艰辛,分分合合,只在蓦然回首间,或许也是一种幸福吧。

我愿舍弃一切,
以想念你终此一生

朱生豪和宋清如

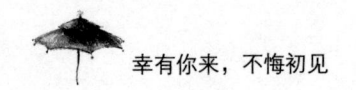

什么样的感情，在历经岁月的淬炼后，依然能够长生不老？

是信任吧。

爱一个人是呵护，是用周遭的光，温暖她的心。

被爱的人是享受，是用满腔的情，回报他的暖。

在爱情的世界里，很多人是自私的。因为自私，也便出现相互之间的猜忌和游离。

最后，分道扬镳，各自安生。

可唯有互相信任的情侣，才得以燃烧深情的爱火，横跨高山，越过海洋。

所以，有的人一生历经过无数次因缘际会，他还是单身，出生时一个人，老去时仍旧是一个人。

有的人一生虽然只爱过一个女子，可他的生命里，刻骨铭心的却不仅仅只有自己。

他把自己活成了她的模样。

> 我愿舍弃一切，
> 以想念你终此一生

她努力活成他渴望的模样。

直到生命的尽头，不死不休。

浪漫情书

"不要愁老之将至,你老了一定很可爱。而且,假如你老了十岁,我当然也同样老了十岁,世界也老了十岁,上帝也老了十岁,一切都是一样。"

"我一天一天明白你的平凡,同时却一天一天愈更深切地爱你。你如照镜子,你不会看得见你特别好的所在,但你如走进我的心里来时,你一定能知道自己是怎样好法。"

"我爱你也许并不为什么理由,虽然可以有理由,例如你聪明,你纯洁,你可爱,你是好人等,但主要的原因

我愿舍弃一切，
以想念你终此一生

大概是你全然适合我的趣味。因此你仍知道我是自私的，故不用感激我。"

"我们的性格并不完全一致，但尽有互相共鸣的地方。我们的认识虽是偶然，我们的交契却并非偶然。凭良心说，我不能不承认你在我心目中十分可爱，虽我对于你并不是盲目的赞美。我们需要的是对于彼此弱点的谅解，只有能互相谅解的人，弱点才能变得并不可靠，甚至于反是可爱也说不定。"

"不要自寻烦恼，最好，我知道你很懂得这意思。但是在必要的时候，无事可做的时候，不那样心里便是空虚的那样的时候，何不妨寻寻烦恼，跟人吵吵闹闹哭哭泣泣都好的，只不要让烦恼生了根。"

"我愿意懂得'永恒'两字的意义，把悲壮的意义放入平凡的生活里,而做一个虔诚的人。因我是厌了易变的世事,也厌了易变的自己的心情。"

"我并不是个生的讴歌者,但世上如尚有可恋的人或事物在,那么这生无论怎样痛苦也是可恋的。因此即使山海隔在我们中间,即使我们将绝无聚首的可能,但使我们一天活着,则希望总未断绝,我肯用地老天荒的忍耐期待着和你一秒钟的见面。"

> 我愿舍弃一切，
> 以想念你终此一生

他们的爱情 / 你老了一定很可爱

世人知道宋清如皆是因为大文豪朱生豪。这位翻译莎剧的才子，生前寂寂地走完一辈子，死后却用万丈光华照亮后世。他说："饭可以不吃，莎剧不能不译。"

朱生豪去世后，宋清如默默肩负起这个家的重担。她的余生，全部献给了朱生豪：为他抚养幼子，为他出版遗作，为他终身未嫁，为他痴守一生。

我想，爱一个人到如此，才不愧是爱到酴醾花事了吧？

在嘉兴市区禾兴南路73号朱生豪故居，一尊巨石雕像赫然立于门前，这对患难与共的情侣，身体是相互连着的：宋清如微仰起头，侧着脸庞；朱生豪儒雅躬身，深情凝视，两人似乎在喁喁私语。在旧时光里，他们仿佛在做

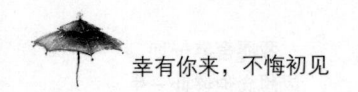

着一场悠扬的梦。梦的彼岸，装点着他们死生契阔的誓言。

雕像的基座上有朱生豪给宋清如未曾发出的信，字里行间，深情饱满："要是我们两人一同在雨声里做梦，那意境是如何不同，或者一同在雨声里失眠，那也是何等有味。"

时光回溯到半个世纪前，他们在之江大学相识相恋。可是，好景不长，这份纯真的感情仅仅维持了一年，两人就不得不面临分离。那时，朱生豪因为结束学业，找到一份在上海任职的工作，宋清如比他矮三级，还在坚持读书。漫长的异地恋就此拉开，这一坚持，就是10年。

浮华的上海是造梦者的天堂。可这一切，并不是朱生豪喜欢的。他空闲下来，唯一想要做的，就是坐在橘黄色的灯光下，一字一句为她写信。他对爱情的执着，就像莎士比亚对南安普敦的爱一样，炙热而真诚："但尽管你不顾一切偷偷溜走，直到生命终点你还是属于我。生命也不会比你的爱更长久,因为生命只靠你的爱才能活。"他此生,坚持活下去的原因有两个:一个是宋清如,一个是翻译莎士比亚作品。这个世界上,痛苦的事情太多,但只要想到宋清如,苦难就会减一分,快乐便会增十分。

9年的苦苦等待,终于换来了一场简朴的婚礼——他们结婚了。这一年,两个人都30岁了,青春在他们的脸上已经没有痕迹,取而代之的是深爱和不悔。刚开始的日子过得很穷,目之所及的是战争、穷困、饥饿,食不果腹和朝不保夕,早已成为家常便饭。

宋清如放下一切去工作,朱生豪则全身心投入到翻译工作中。过度的劳累,拖垮了他的身子。他病了,没有钱医治,也没时间去医治。此时,一悲一喜。他在床榻上苟延残喘,宋清如肚子里却怀了他的孩子。一个身怀六甲的女子,每天的生活,仍旧是洗衣做饭,照顾丈夫,还要到每家每户厚着脸皮借钱养家。

他没有熬过时间,从此一病不起。庆幸,他们的孩子出生了,那样可爱天真。他强忍着疼痛,想与命运抗争,期盼身体快些好转。然而,他终究没能赛过时间。生命的尽头,他没能翻译完莎士比亚的所有作品,没能看到孩子健康幸福地成长,没能履行诺言,给予宋清如一个美好的家。

十年的等待和守候,只换来两年的琴瑟和鸣。他们为爱情付出了所有,却没能挽留住匆匆的光影、悲凉的人事,真是不幸!33岁,他带着满腔遗恨驾鹤西去。32岁的宋清如,从此也心如死灰。她用尽余生,为他整理遗著,照顾孩子,这一坚持,就是半个多世纪。我们希冀:来生,他们还是夫妻,不再经逢乱世,不再跌宕穷困,不再熬尽相思,只求一亩良田,一间茅舍,过一辈子平平淡淡的生活,足矣。

> 我愿舍弃一切,
> 以想念你终此一生

(一)我是宋清如至上主义者

宋清如生于 1911 年,与她同岁的女子有萧红,比她大一点的有孟小冬、丁玲、林徽因、陆小曼;小一点的有苏青、张爱玲、孙多慈等。这些民国女子,多半都经历过坎坷的爱情,每个人的一生都是从跌跌撞撞中走来,前半生和后半生都依附过不同的男人。翻开民国的老照片,我们可以清晰地看到,她们多喜欢穿素色的旗袍,发式干净利索,周身环绕着娴雅的气质。她们懂得断文识字,胸中装着一颗追云逐月的心。在理想面前,她们不同于男人的激情澎湃,却多了几分隐忍和坚守。

宋清如出生在一个地主家庭,家底殷实,从小就受到过良好的传统教育。可这些根本无法满足她的好奇心。后来,她以嫁妆钱做赌注,提出"我不要结婚要读书",终于争取到进洋小学深造的机会。1932年，她进入之江大学读一年级，虽是初入校门，但却十足独立，语出惊人。她说："女性穿着华美是自轻自贱。"她还说："认识我的是宋清如，不认识我的，我还是我。"

她桀骜不驯的言论，吸引了很多同学的围观。不过，此间最能打动大家的，当数她多情的诗才。《现代》杂志主编施蛰存看过宋清如的作品后，给予了高度赞扬，他曾写信道："一文一诗，真如琼枝照眼。"称她的诗风和徐志摩很接近，而且有"不下于冰心女士之才能"。

因为爱好，她主动加入之江诗会。在追梦的过程中，她不曾预料，竟然还会邂逅一段爱情。这一年的朱生豪正在读四年级，素有"之江才子"的雅称。他第一次接触宋清如，源自于宋清如入诗社前写的一首《宝塔诗》。文字的吸引，将两人牢牢地拴在一起。他们经常互送书信，曲歌互答，在动乱的岁月里，执着地坚守着那一份纯真。

> 我愿舍弃一切，
> 以想念你终此一生

他们互相爱慕了一年，直到朱生豪毕业后前往上海，他们才不得不陷入无穷无尽的离别苦痛中。这一生，本就是一次艰难的跋涉。本来，遇到一个喜欢的人，可以相互搀扶着走下去。而今，他不知道，余下的路，是不是仍旧一个人走。

别离前，他写情书赠给宋清如——

其一：忆昨秦山初见时，十分娇瘦十分痴，席边款款吴侬语，笔底纤纤稚子诗。交尚浅，意先移，平生心绪诉君知。飞花逝水初无意，可奈衷情不自持。

其二：浙水东流无尽沧，人间暂聚易参商。阑珊春去羁魂怨，挥手征车送夕阳。梦已散，手空扬，尚言离别是寻常。谁知咏罢河梁后，刻骨相思始自伤。

情意缠绵的情书，早已成为两个人镌刻誓言的碑石。在月白风清的夜里，他许下死生契阔的情话；在骄阳似火的清晨，她回应与子相悦的情真。他对她的爱恋，已经到

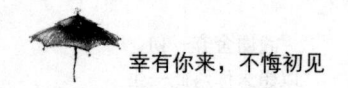

了走火入魔的地步。

　　宋清如呢？因为年纪尚轻，她还不想为了爱情，就此终结所有的梦想。

　　她渴望独立和自由的生活，才子的追求，纵然令她魂牵梦萦，但她绝不想这么快就步入"爱情的坟墓"。在学生时期，她忙于各种抗日活动，毕业后又紧接着前往浙江和四川教书。朱生豪这一等，就是九年。他性格腼腆，不爱言辞。但在宋清如的面前，却有说不完的话。两人异地交往期间，情深意切，互通书信，竟有580余封。

　　寂寞的烟云，从分别的那天开始，一直在两个人的天空飘荡，停顿。朱生豪想她，便写下："楚楚身裁可可名，当年意气亦纵横，同游伴侣呼才子，落笔文华泂不群，招落月，呼停云，秋水朗似女儿身。不须耳鬓常厮守，一笑低头意已倾。"当他知道宋清如对自己的心意时，又写情书回应："以前我最大的野心，便是成为你的好朋友；现

> 我愿舍弃一切，
> 以想念你终此一生

在我的野心，便是希望这样的友谊能持续到死时。谢谢你给我一个等待。做人最好常在等待中，须是一个辽远的期望，不给你到达最后的终点。"

朱生豪在写给她的情书中，时常对她变换着称谓，软语中，尽是阿姊、傻丫头、青女、无比的好人、宝贝、小弟弟、小鬼头儿、昨夜的梦、宋神经、小妹妹、哥儿、清如我儿、女皇陛下等类的情字，细细数下来，竟然有70余种。他对宋清如的爱，丰盈到熟稔的笔墨中，情真意切又荡气回肠。他深深挚爱的姑娘，唯有用疼怜和珍惜来呵护。所以，他写下："我爱你也许并不为什么理由，虽然可以有理由，例如你聪明，你纯洁，你可爱，你是好人等，但主要的原因大概是你全然适合我的趣味。因此你仍知道我是自私的，故不用感激我。"他还写道："要是世上只有我们两个人多么好，我一定要把你欺负得哭不出来。"

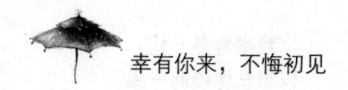

每个人的一生，定然会遇到一个令自己奋不顾身的人。所以，我们会倾尽所有，只为换取那人的轻盈一笑，等那人从流散的时光中走过来，软语寒暄。有时，我们会疯狂，会骚动，会变得不像自己。毕竟，爱上了，就应该是这个样子。

宋清如的情书，笔触一样深情。大概是受到朱生豪的影响，她也喜欢用古词来遥寄层层的相思。毕竟，女子的感情是细腻婉转的，不直接，却能让人感受到细微之处的伟大。她写下《蝶恋花》，倾诉着心中的思念："愁到旧时分手处，一桁秋风，帘幕无重数。梦散香消谁共语，心期便恐常相负。落尽千红啼杜宇，楼外鹦哥，犹作当年语，一自姮娥天上去，人间到处潇潇雨。"

十年光阴，在寂寞的长途中，很快走完。两个人，在动荡的时局和不安的世事中，终于走到了一起。这一路的跌跌撞撞，他们依靠着深情和一封封褶皱的情书，维系下来。余生,他不会再让她负累。他发誓,要许给她一个温馨的家,一场不老的情。

时间定格在 1942 年 5 月 1 日。他们在旁人的提议下,匆匆在上海完婚。那一年,宋清如 31 岁,朱生豪 30 岁。在此之前,朱生豪曾经建议过结婚,宋清如却坚定地拒绝了。不知,是她想起被退掉的那门亲事,还是觉得婚姻是一块坟墓,如果迈进去,便会万劫不复。宋清如的拒绝很有深意,大抵新时期的女性,都会有这样一种想法吧:我和你好,不一定需要婚姻维系。情之所处,便是爱之所往。因而,从爱情到婚姻的跨度,绝不能是三言两语的应允,而需要缜密的思考、慎之又慎的抉择。她答应他的那一天,应该早已想好这一切了。

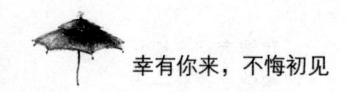

（二）才子佳人，柴米夫妻

一代"词宗"夏承焘曾是他们的老师兼婚姻介绍人，他在二人新婚之际，写下一副八字对联相送：才子佳人，柴米夫妻。

流散的时光，纷扰的乱世。他们相互搀扶着，从寒冬走到新春。这一世，磨砺和困难不少，就连婚宴上的礼服都是借来的。可这又如何？两个人相爱，不会因为贫苦的生活而望而却步。相反，却更为忠贞。他说："我想要在茅亭里看雨、假山边看蚂蚁，看蝴蝶恋爱，看蜘蛛结网，看水，看船，看云，看瀑布，看宋清如甜甜地睡觉。"

没有过多的希冀，只要有她在，就有爱和温暖。婚后的生活异常贫困，他们过起"举家食粥酒常赊"的日子。然而，灵魂伴侣是不会在乎这些的。就像同时期的萧红和萧军，两人经常遭逢饥饿的挑战，有时只能以饮水充饥。艰难之余，我们仍旧能听到她对萧军说："你是这世界上真正认识我和真正爱我的人！也正为了这样，也是我自己痛苦的源泉，也是你的痛苦源泉。可是我们不能够允许痛苦永久地啃咬我们，所以要寻求各种解决的法子。"

爱是理解和包容，是同甘共苦下的相伴相守。他们的生活，不全是柴米油盐。偶尔，也会萦绕着星星点点的乐趣。宋代的李清照和赵明诚夫妇，在青州的"归来堂"，书写下"赌书消得泼茶香"的传奇。而他们，也寻得夫妻之间有趣的生活方式。当然，这种方式不是斗茶，而是根据自己的爱好，一起选编《唐宋名家词四百首》。以文为乐，幸甚至哉。

常熟是个不安生的地方，日军无休止的扫荡，早已将二人恬淡的生活彻底撕毁。不得已，朱生豪化名为朱福全，从此不去上街，也不理尘世。即便如此，二人依然无法逃

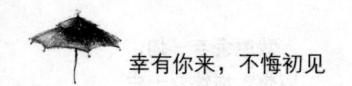

离日军的迫害。深思之下，夫妻二人决定到嘉兴东米棚躲灾避难。

用四个字形容，这里更穷！此处是朱生豪的老家，由于许久没有人住，处处可见斑驳的蜘蛛网和废旧的家具。他们的全部家当是一张榉木账桌、一盏小型煤油灯、一把旧式的老靠椅、一支被岁月打磨过的老旧钢笔，还有两本辞典。

生活的本来面目就是：生下来，活下去。因而，这些挫折，宋清如不抱怨，也不埋恨。她以一双灵巧的手，一边去帮工做衣，一边要提笔写字。她虽然出身地主家庭，自幼过着富家小姐的奢华生活。可她并不觉得，为了生活下去，算计着过日子有何不好。譬如，每个月上旬，她会一早买好这个月的米；刷牙不用牙膏，而用食盐代替；朱生豪头发长了，她亲自当理发师；不去外面开小灶，一切都靠她做饭煲粥；没有闹钟定时，全靠鸡鸣犬吠；房中没

> 我愿舍弃一切，
> 以想念你终此一生

有电灯，油灯节省着一用再用……

因为朱生豪，才有这样的生活。也只有朱生豪，她才能忍受这样的生活，不弃不离。大概，朱生豪对她的依赖，也是从平平淡淡的小事中累积起来的吧。

1943年，宋清如回常熟娘家过年，只剩朱生豪一人在家。虽然只有20天，但这20天，朱生豪过得比20年都漫长。他面对着冰冷的雨水，伫立在后院的杏梅树下，一日还过一日地遥望，期盼着妻子能早点回来。当他垂下头，看到地上被雨水浸湿的花瓣时，轻轻拾起，温柔地将其呵护在掌心。此后的时日，他每天都会来捡一片花回来放在宣纸上，随后写下一段思念宋清如的情话。等到宋清如回来时，桌子上已经布满了一大堆花瓣。柳永写词道："衣带渐宽终不悔，为伊消得人憔悴。"此时的朱生豪，茶饭不思，夜不安寝，正是如此。

宋清如回到家中，推开门，看到忧思重重的丈夫，脸

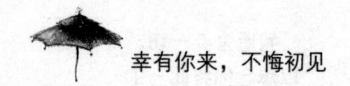

上顿时满挂泪水。她心疼地凝望着他，许下再不弃舍的誓言。这一句诺言，她一坚守，就是一辈子。

后来，朱生豪在那个无法入睡的夜里，曾写下一首《秋思》："昨夜一夜我都在听着雨声中度过，要是我们两人一同在雨夜里做梦，那境界是如何不同，或者一同在雨夜里失眠，那也是何等的有味。可是这雨好像永远下不住似的，夜好像永远也过不完似的，一滴一滴掉在我的灵魂上……"

深情相拥，为伊心动，为伊发疯。最美好的年华，因为彼此相遇；最美好的生活，因为幸好有你。爱是一种陪伴，更是一种呵护。他能做到的，她也会做到。她做不到的，他必须努力做到。因为，这是男人的责任，也是男人的担当。

> 我愿舍弃一切，
> 以想念你终此一生

（三）争教两处销魂

一生一代一双人，争教两处销魂。相思相望不相亲，天为谁春？

他病重那年，家中生计全断，一贫如洗。他没钱看病，更没时间看病，他把大部分时间，都奉献给了挚爱的莎士比亚。他那么深沉地爱着自己的事业，以至于，用一天强过一天的咳嗽、一天强过一天的呕血，换回了那一部部的惊世译著。

可是，这一切是远远不够的。在即将撒手人寰之际，他仍旧有五部半的莎士比亚作品未能翻译完。这是他一辈子的伤、一辈子的痛。庆幸，他有一个贤良的妻子，他们有了一个一岁零一个月大的儿子。闭上眼的那一刻，他看到母子俩温柔的模样。一个纵然早就哭成泪人儿，可脸上

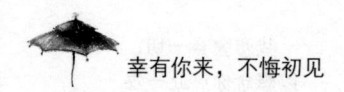

仍旧强忍着悲痛挂着笑；一个脸上满是天真烂漫的笑容，还在咿咿呀呀地说着婴儿语。

他强扯着最后一丝气力，笑了。

他不想让宋清如难过，不想带给她负担。他喜欢看着她笑，就像当初初见时，在千万人中瞥见的，那一抹最惊鸿的笑。

他从来不惧死亡，可他却无比懊恼死亡。因为从此别离人间，他的妻子和孩子、他的事业和梦想，便从此拦腰折断，饮恨至极。

他离世一年后，宋清如恨不得随他而去，她用悲怆的字句，写下这样一段话："你的死亡，带走了我的快乐，也带走了我的悲哀。人间哪有比眼睁睁看着自己最亲爱的人由病痛而致绝命时那样更惨痛的事！痛苦撕毁了我的灵魂，煎干了我的眼泪。活着的不再是我自己，只似烧残了的灰烬、枯竭了的古泉，再爆不起火花，漾不起漪涟。"

> 我愿舍弃一切，
> 以想念你终此一生

  这一生，他用瘦枯的身体，历经无数个日日夜夜，写了 31 种，共计 180 余万字的莎剧作品译著。她在最风华正茂的年纪，以执着和坚守，陪伴他走过一个又一个不安生的夜晚。他终究没能履行长相厮守的诺言，狠狠撇下她，一个人踏云逐月而去。

  宋清如不惧死亡，可每当想到朱生豪生前的遗恨，她就分外清楚，自己接下来应该做点什么。一个人选择死亡很简单，然而，一个人要花尽半辈子的时光，去坚守一件事却并不容易。后来，她用了近 50 年的时间，为他出版译稿，为他抚养孩子，为他维系声名，为他倾尽最后的气力。

  她的生命里已经不再是一个人，自从朱生豪离世后，他们的魂灵早就合二为一。他今生未了的夙愿，她帮他完成；他余生没有看过的风景，她替他看过，在静谧的时光里，轻轻说给他听。

  后半生中，她也曾邂逅过另外一段感情，就好像是一

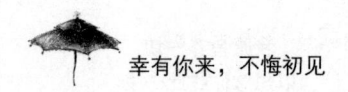

束烟花，绽放的时候惊艳，散去的时候无声。这个人，就是她在之江的同学——骆允治。

1949年，宋清如在骆允治的介绍下，从嘉兴秀州中学调入杭州高级中学。那时，骆允治是总务主任。在校担任老师期间，骆允治格外照顾宋清如。有时，她生病不能上课，往往是骆允治替她代课。他们之间的情感，也曾炫丽过、凄美过。可是，到最后，他们终究不能走到一起。因为，在她的心里，此生只爱过一个男人——朱生豪。

有些爱是一种永恒，一旦深深陷入其中，便是至老至死都不会放手。她永久记得，那一封封泣血的情书，是一个男人用真情固守过的坚贞。每当她打开信笺，轻叩时光的大门，暗暗品读，她就会情不自禁地再度泪流，与风说起，她思念的苦痛。

> 我愿舍弃一切，
> 以想念你终此一生

尺素·遥寄

女子的情感世界实在古怪得很。徐志摩去世后，奢华至极的陆小曼，竟然会一身素缟倾尽一生。徐悲鸿离世后，妻子廖静文仅30岁。自此，她的生活和工作，一直萦绕着徐悲鸿的影子，并亲自组建了徐悲鸿纪念馆。可这些是远远不够的，她曾颇为感伤地说："我每天都在怀念悲鸿。"

1977年，67岁的宋清如，带着满腔的遗恨，回到了嘉兴南门朱氏老宅，她就住在楼下北面的一间偏屋里。时光冻结，故事依然。每当她抬起头，看到墙上关于朱生豪的旧事旧物，她就会被带到几十年前，她那样年轻，他又如此单纯。屋子里的家具还是当年的，她睡的床是朱生豪

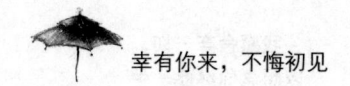

曾经睡过的，墙上挂着的是朱生豪的炭画像。

人老了，总是喜欢抱着回忆长眠。有些往事被轻易地勾起，在此后的岁月里掀起层层涟漪，不见得是一件坏事。至少，她以另外一种方式与他取得了联系，简单而美好。朱生豪的莎士比亚译著被越来越多的人读到后，读者纷纷为其卓尔不群的文风所震撼。他们普遍认为，译笔在梁实秋之上。

有心人多方打听，找到了朱氏老宅。他们想听宋清如讲起那段尘封在过往中的旧事，她唇角微微一笑，跟随着太多的回忆，在心间澎湃地窜涌着。她这样回忆两个人初见时的画面："那时，他完全是个孩子。瘦长的个儿，苍白的脸，和善、天真，自得其乐地，很容易使人感到可亲可近。"

时间太久了，很多故事也模糊不清了。但唯有12年来朱生豪写给她的情书，却从未被时光忘却。无数个日夜，她曾枕着那些书信而眠。她没有别的时间来对抗这浑厚的记忆。后来，出版社询问宋清如，是否愿意将他们的信笺公之于众。她一口否决，声音严厉："我不出版！……我打算在临死之前，把它们一把火统统烧掉！"

幸好没有烧掉。宋清如在编写《寄在信封里的灵魂》时，将一些私密的情感内容删掉了，而且，信笺的数量上也不充足。后来，朱尚刚编著了《朱生豪书信集》，那些被时光抛弃的情书，终于能够惊现于世人的眼前，不老不死。

朱尚刚曾说道："老年的母亲把一切都看得很淡了，唯有父亲仍然是她心目中永远清晰的偶像，母亲在她最后一段生活道路上，把剩下不多的全部经历都用来塑造这个偶像了。"

1995年11月18日，天气晴朗，万里无云。满头银发的宋清如，蹒跚走到秀州书店门口。此时，读者们见到，她穿着一件黑色粗布呢子上衣，眼神中尽是苍茫之色，而

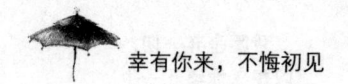

曾经的灵动活泼，曾经让朱生豪念念不忘的明眸，早已被太多的旧事冻结成冰，不复往昔了。

有个歌手，曾经以朱生豪和宋清如的爱情故事为蓝本，创作了歌曲《再见·爱》。歌词概括了宋清如凄楚的后半生，字字句句，令人感慨不已。"每当深夜寂寞压得我喘不过气／眼眶滚出那压抑的泪水／泪水慢慢迷蒙了双眼，怎么看不清我们的未来／我只看到你的心徘徊在门外，把我快乐的记忆／都化作尘埃……"

1997年，宋清如苦念天上的仙乐，黎明时飞回了天空。她与朱生豪阔别了五十三年，终于在天堂再度重逢。已出版的《莎士比亚全集》、朱生豪写给她的情书，与她一同长埋地下。自此而后，再没有人深情地讲起那段过往，他和她的故事，也从此合成一体，轮回再生。

这辈子我等你，
没有因为，没有所以

闻一多和高孝贞

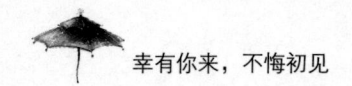

有句话我特别喜欢:"我们以为爱得很深,很深,来日岁月,会让你知道,它不过很浅,很浅。最深和最重的爱,必须和时日一起成长。"

年轻的时候,我们看不透爱情,遇见一个真心待自己的人,总是一笑置之。

可是,太多的爱情向我们证明,倘若今生遇不到相互钟情的人,就找一个深爱自己的结婚吧。因为她爱你,所以会倾尽所有护你顾你。每一颗疲惫的心,不就为了找一个心灵的港湾吗?真正的爱情,会随着时间的磨砺慢慢变成亲情。

所以,先有爱,再有情,是为爱情。

> 这辈子我等你，
> 没有因为，没有所以

浪漫情书

"这时他们都出去了，我一人在屋里，静极了，静极了，我在想你，我亲爱的妻。我不晓得我是这样无用的人，你一去了，我就如同落了魂一样。"

"今天早晨起来拔了半天草，心里想到等你回来看着高兴，荷花也放了苞，大概也要等你回来开，一切都是为你。"

"现在这样久了，自己没有一封信来，也没有叫鹤、雕随便画几个字来。我也常想到，40岁的人，何以这样心软。但是出门的人盼望家信，你能说是过分吗？"

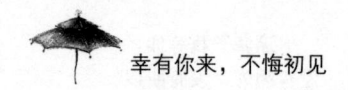

"到昆明须四十余日,那么这四十余日中是无法接到你的信的。如果你马上就发信到昆明,那样我一到昆明,就可以看到你的信。不然,你就当我已经死了,以后也永远不必写信来。"

"到此果有你们的信四封之多,三千余里之辛苦,得此犒赏,于愿足矣!你说以后每星期写一信来,更使我喜出望外。希望你不失信。如果你每星期真有一封信来,我发誓也每星期回你一封。"

"这次你来了,以后我当然决不再离开你,无论如何,我决不再离开你一步,我想,你也是这样想吧?叫孩子们放乖些,鹤、雕读书写字不可间断,前回信上说你又有些发心慌,现在好了没有?"

"这是什么缘故?出门以前,曾经跟你说过许多话,

> 这辈子我等你，
> 没有因为，没有所以

你难道还没有了解我的苦衷吗？出这样的远门，谁情愿，尤其在这种时候，一个男人在外边奔走？千辛万苦，不外是名与利。名也许是我个人的事，但名是我已经有了的，并且在家里反正有书可读，所以在家里并不妨害我得名。这回出来唯一目的，当然为的是利。讲到利，却不是我个人的事，而是为你我，和你我的儿女。"

"亲爱的：午睡醒来，我又在想你。时局确乎要平静下来，我现在一心一意盼望你回来，我的心这时安静了好多。"

"前回我骂一个学生为恋爱问题读书不努力，今天才知道我自己也一样。这几天忧国忧家，然而最不快的，是你不在我身边。亲爱的，我不怕死，只要我俩死在一起。"

幸有你来，不悔初见

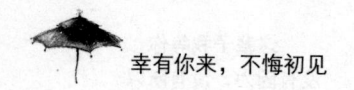

他们的爱情 / 一个戴着圆光的你

"爱人啊！你是个国手：我们来下一盘棋；我的目的不要赢你，但只求输给你——将我的灵和肉输得干干净净！"

看到这一首《国手》时，我分外感叹闻一多的遣词造句。

茫茫无尽的人生，宛如一张偌大的棋盘。你和我都是棋手，而生命就是弈棋。在这场人生的漫漫征途中，爱情是岁月河流中最惊心动魄的一幕，自然也谓之弈棋。

古往今来，谁不愿意自己就是人生棋盘呢？可以掌控自己的未来和生死，也可以在爱情的博弈中取得最后的胜利。俨然，这只是一种妄念，可妄念如果动了，不见得就是一件坏事。至少，有了妄念就有了期待，有了期待也就

> 这辈子我等你,
> 没有因为,没有所以

有了彼此等待下去的理由。

高孝贞等待闻一多,这一等,便是一辈子。

1922年春天,闻一多接受父母的包办婚姻,迎娶了同乡姑娘高孝贞。半年后,闻一多赴美留学,过了3年才回来。他在北京固定工作后,便把她接过来。20多年间,高孝贞跟着他颠沛流离,尝尽人世间的苦乐哀愁,可她从不埋怨,也不生恨。她知道,丈夫是一位颇负盛名的诗人和学者,也是一位坚强的革命战士。对于这样优秀的丈夫,她必须全力支持到底。

于是,她肩负起整个家庭的负担。婚后,他们有了五个孩子。高孝贞勤劳俭朴,有时会给人缝洗衣服,有时带着孩子们下地种菜。为了照顾丈夫的身体,支持他的事业,她甚至每天都会烹煮两条孩子们从河里摸来的鱼。

他又何尝不爱自己的妻子?他经常教授高孝贞学习文化知识。每当夜深人静的时候,夫妻二人时常在昏暗的灯光下熟读书卷，畅聊天下大事。此生，因为有他在，她学会了太多的知识。继而，从一个万事不通的农家女子，变身成一位饱受诗书浇灌的时代新女性。

24年后，一场巨灾陡然发生。她永远忘不了这一天，1946年7月15日。闻一多刚刚迈出自己的住所，就被盯梢已久的特务暗杀了。听到一阵枪响后，她立即冲出院子，一眼就看到倒在血泊中的他。鲜红的血液，染遍了他的周身。高孝贞疯也似的冲上前，一把抱住奄奄一息的丈夫。她哭得撕心裂肺，几近呼吸停滞。但抢救无效，他还是带着满腔的遗恨，阔别了人世，阔别了最爱最念的她。

"我们的缘很短，却也曾有过一回。"这句诗，我每当读起来，联想到闻一多的爱情，都会觉得心生凉意。这一回，他们仅仅相爱了24年。还没有来得及好好享受时光的亲昵，就这样天涯永别，茫不可见。他说："忘掉她，像一朵忘掉的花。她已经忘记了你，她什么都记不起。忘

> 这辈子我等你，
> 没有因为，没有所以

掉她，像一朵忘掉的花。"可是，这一生，到底是谁忘记了谁呢？

他是闻一多，她是他的爱妻高孝贞。1983年11月，在挣扎了近半个世纪后，她终于抗不过时光，化作一缕轻烟，到天涯的尽头去寻他了。13年后，她的骨灰转移到八宝山闻一多的墓前。两个人，在跨越了数十载的分别后，终于在一起，从此再没有人能将他们分开。

正如闻一多在诗中写的那样："将我作经线，你作纬线，命运织就了我们的婚姻之锦；但是一帧回文锦哦！横看是相思，直看是相思，顺看是相思，倒看是相思，斜看正看都是相思，怎样看也看不出团圆二字。"

有些人的分别是为了更好的遇见。

在遥远的天堂，他们再度携手。多年来的痴痴等待，终究画上圆满的句号。

一旦被后世说起，但叫那人最幸福。

091

幸有你来，不悔初见

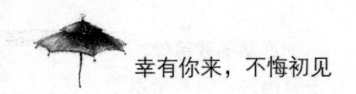

（一）如果爱没有期限

每个男人的一生大概都会遇到两种女人。一种是特别喜欢，却永远得不到的；一种是明明不喜欢，却偏偏甩不掉的。有些男人选择了第一种，以为是此生最大的幸福。殊不知，女神到手后，不见得就是没追到前幻想出的样子。大文豪郁达夫为了王映霞倾尽所有，到头来不过是相互埋怨；徐志摩为了林徽因秒变渣男，却终究躲不过郎有情妾无意的重击。有的男人会选择第二种，起先因不喜欢固守着两人间的情感，想慢慢依靠时间的累积培养出绵绵的情意，挥一挥衣袖，寂寂地了此一生。这种没有波澜的爱情观，也不一定就是坏事。至少，闻一多和高孝贞的一生，就是用当初的不喜欢，换来了一辈子的灵魂与共。

1922年，闻一多接到父亲要求他即刻返乡完婚的信后，

> 这辈子我等你，
> 没有因为，没有所以

心里是极度不情愿的。他当时刚刚从清华大学毕业，正计划着赶赴美国留学。如此的大好年华，他不想就此葬送在婚姻上。但出于对父母的孝心，他终究屈服了，决定回家娶亲。

闻一多从来都不是逆来顺受的性格。如同当年徐志摩迎娶张幼仪一样，关于包办婚姻这件事，他也提出了自己的要求：不祭祖，不行跪拜礼，不叩头，不闹新房。这场父子间的较量，最终尘埃落定。在寂寞的时光里，一顶红颜的花轿，就这样抬到了她的家门前。她在伴娘的搀扶下，坐进轿子，从此成为他的妻子。

结婚当天，他一早就钻进书房，不愿出来。在亲人的生拉硬扯下，他被迫去理发、洗澡、换衣服，想以消极的情绪与包办婚姻抵抗到底。花轿来到家门口时，他又灰溜溜地跑到书房。最后，大家只能连推带拉地把他带到前厅，在所有宾客的注视下，终于完成了结婚仪式。

幸有你来，不悔初见

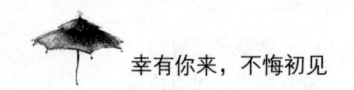

　　高孝贞以为，婚后的生活虽然称不上举案齐眉，但至少应该做到相敬如宾吧？反观闻一多，他对她十足的冷淡，倒是把大部分时间放在了诗歌研究上。别人婚后的几天，应该开心地去度蜜月。他在几天后，却写了洋洋洒洒两万余言的《律诗的研究》。不重视，忘记，不在乎，像是一把钢刀刺进高孝贞的胸口。她默默地承受着，心甘情愿。

　　闻一多曾写信跟朋友说起对这场婚姻的不满："宋诗人林和靖以梅为妻，以鹤为子，我将以诗为妻，以画为子。"以诗为妻，以画为子？潜台词里，他把高孝贞当作了透明。至少在他的精神世界里，高孝贞是完完全全不存在的。

　　精神生活中没有她，不代表尘俗中两人就是仇敌。闻一多向来是一个极负责任的人，他明白，既然有了夫妻之名，就必须肩负起夫君顾家护妻的责任。现在，他能做到的，便是将高孝贞打造成一个与自己学识对等，至少沟通无障碍的妻子。回到学校后，闻一多立即给父亲写信，要求他

> 这辈子我等你，
> 没有因为，没有所以

把高孝贞送到学校读书。在闻一多的坚持下，一向恪守"女子无才便是德"的父亲，终于答应了。

高孝贞晓得闻一多的意思，她也感觉到，目不识丁的自己，难以配上才学卓著的丈夫。他们之间的距离，或许能通过这种灵魂的交流，一点一滴拉近吧？想到这些，她很庆幸地笑笑，心间袭上来阵阵暖意。

这一年，闻一多去了美国留学。远在他乡，不见故人，何等落寞？他给她写信，字里行间，竟是关怀和期待："女人并不比男人弱，本来就应该可以做学问、做大事，外国女人是这样，中国女人何尝不能这样呢？"

他希望自己的妻子，一辈子能做个有用的人。为国家，为社会，奉献更大的力量。在夕阳暮色下，高孝贞读着闻一多饱含深情的字句，那一刻宛如冰山的心，逐渐被融化了。这时，她才真真切切地体会到，原来曾经一脸冰冷的男人，也会有如此柔情的一面。

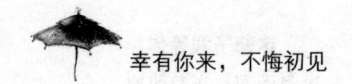

每个人生来都是带有感情的。即使初见面时没有，经过日积月累的陪伴，也会渐渐培养出感情。高孝贞原以为，她的一辈子或许就这样了。寂寂守护着一个不爱自己的丈夫，用一颗翘首企盼的心，年复一年地等待丈夫的回心转意。她万万没想到，这一天会来得那么快。惊喜之余，她又甚惶恐。如此才学绝伦的丈夫，她该拿什么配上他呢？

（二）我们都是爱过的

闻一多留学归来后，留在了北平艺专任教。听说丈夫归来的消息，她没有丝毫犹豫，携着女儿，马不停蹄地赶赴北平。那时，他们租在一个宽敞的房子里。一家三口，过着安定祥和的生活。有时，他们俩会在老槐树下读唐诗，小女儿就围着两人嬉笑打闹，别有一番风味。他无不骄傲地告诉她，这段美好而静谧的时光，多么来之不易。每当

> 这辈子我等你,
> 没有因为,没有所以

节假日,他们一家子会去看电影,游赏颐和园、北海和故宫,每天的生活都过得充满阳光和幸福。

高孝贞对闻一多的照顾真挚而热心。后知后觉的他才渐渐意识到,当初的自己该多么可恨。他从前总是不待见她,冷脸相待,不甚多言。现在,他开始尝试着融进她的生活,她也正在一点一滴地接受着诗人的熏陶。后来,闻一多曾写道:"世界上最美妙的音乐莫过于在午夜醒来,静听妻室儿女在自己身旁轻轻的、均匀的鼾息声。"其中的蜜语,不必做任何解释,早已令人魂牵梦萦。

卢沟桥的枪声,打开了中国的北门户,也搅乱了他们平静的生活。那时,高孝贞带着大儿子和二儿子在湖北探亲,闻一多则和三个小女儿留在北平。无情的炮火,将他们硬生生隔在两地。山河摇曳之际,他更思念远在南方的妻子。他在心中,倾吐着绵绵相思:"我一个人在屋里,静极了,我在想你,我亲爱的妻……你一去了,我就如同

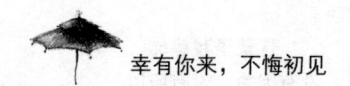

落了魂一样。我什么也不能做。这几天忧国忧家,然而心里最不快的,是你不在我身边。亲爱的,我不怕死,只要我俩死在一起。"

没过多久,他克服重重险阻,踏过千山万水,终于与她见了面。两人深情相拥,多年来的等待和思念,化作一行行炙热的泪流。经过商议,两人打算辗转云南。闻一多在西南联大任教,高孝贞带着孩子一道过来。可是,随着战局的紧张,联大的供应越来越差。很多教授都自身难保,闻一多那点微薄的薪酬,怎么可能养活一大家子人?

他在授课之余,决定刻章贴补家用。他每天都熬到深夜,有时实在困得不行,就用头撞一下墙,继续强打着精神刻章。每每看到这样拼命的丈夫,她暗责自己帮不上分毫。故而,只得悄悄端上一杯热茶,而后心疼地转身离开。

每当闻一多从城中讲课回来,她都会提前做好饭菜,带着孩子们到村口去迎接。孩子们一见到他,立刻拥进他的怀里，争着抢着要替他拿东西。高孝贞则开心地笑笑，温柔地望着笑逐颜开的丈夫。从村口往家走，他跟她讲起各种新鲜的有趣的事。纵然日子过得清贫，但一家人却沉浸在欢乐美好中。

高孝贞没有干过重活，为了这个家庭，她学着开垦荒地，学着种植时令蔬菜，学着带领孩子们下河抓鱼抓虾。虽然生活过得穷困，但至少有他在，心间就有可以停泊的港湾。为了避开空袭，八年中，他们搬过八次家，个中艰辛，只有经历过的人才能深深体会。

即便如此，他们依然互敬互爱。甚至，在无情战火的燃烧下，他们反而变得更加珍惜彼此。爱是一种相守相伴。在美好的时光里，皆因彼此间的相互敬畏，故而过得平淡美好。

这种生活，又何尝不是一种幸福呢？

幸有你来，不悔初见

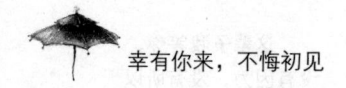

（三）被恨也深，被爱也真

"上课黄昏后，楚辞红锡包。"

当年在清华园，闻一多就有了吸烟的嗜好，"美名"传遍了邻里四方。但是，为了一家人的生计，他不得不忍痛割爱去戒烟。高孝贞知道他的苦楚，十分心疼地说："你一天那么辛苦劳累，别的没有什么可享受的，就是抽烟这个嗜好，我们家再困难也要把你的烟钱省出来。"闻一多听到后，眼泪不住地在眼眶打转。他明白，这一生终究没能给妻子一个幸福的家。穷困是他们心间的一个病，每每发起作来，虽然不至于要人命，但却会把人折磨得生死不如。

特别喜欢朱耀燮说过的一句话："在爱情方面，女人可能是很坚强的，也可能是很懦弱的。要么是爱别人，要

> 这辈子我等你，
> 没有因为，没有所以

么是接受别人的爱，一旦陷入情网之后，就是有人命令她朝火里钻，她也会心甘情愿服从的。"这句话放在闻一多和高孝贞身上，竟是十足的贴合。

她爱闻一多，几乎是用自己的生命做赌注。在枪林弹雨中，他们携手走过。在穷困潦倒时，他们搀扶前行。说白了，她是妻子，又是保姆。她不仅给予闻一多妻子的温暖，还将他的生活伺候得周到细致。这样的爱情，怎会不让人羡慕呢？

因为家中穷困，买不起好烟。为了省钱，他开始抽一些质量很差的烟。俗话说："便宜没好货。"劣质的烟抽起来不仅没有劲儿，反而格外呛人。高孝贞十分心疼，打算亲自给他做一些旱烟。她从集市上买了嫩烟叶，在上面喷点酒精和糖水，揉均匀后，再将烟叶切成烟丝，滴上几滴香油。烟丝要放在温火上干炒，火候既不可太烈，也不可太柔。

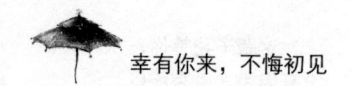

从此，闻一多抽起高孝贞炮制的烟丝。他开始用那杆著名的烟斗抽烟，脸上时常溢满幸福的笑颜，他最开心的事情，就是给朋友们分享高孝贞做的烟丝："这是内人亲手为我炮制的，味道相当不错啊！"说到这儿，他总是会满意地抽上两口，缓缓吐出梦幻般的烟圈。彼时，朋友们纷纷打趣，开尽玩笑。那一刻，大家对他的羡慕，又何止是一点两点呢？

世上最深沉的爱，就是两人灵魂和肉体的完美契合。闻一多的高雅和执着，深深地影响着妻子高孝贞。她明白，自己不仅要照顾他的衣食住行，还要成为他背后最坚定的拥护者。昆明事件爆发后，西南联大遭受到灭顶之灾，很多爱国学生被残忍杀害，学校陷入一片混乱之中。国民党特务附庸风雅，慕名来向闻一多求字，却被他果断拒绝。高孝贞也无不愤恨地说："饿死也不要这几个臭钱！"由此可见，他内心的世界，她那时早已洞悉。

> 这辈子我等你,
> 没有因为,没有所以

爱一个人最重要的就是了解他。每个夫妻,几乎都经历过这样一个阶段:从生活伴侣到灵魂伴侣的华丽蜕变。这一生,因为有了灵魂的交流,才有了之后的生死相随,不弃不离。他和她之间,就是在岁月的长河中,这么一步步走过来的。

闻一多奋不顾身地投入到革命事业中,不惧险阻。国民党反动派察觉到他的举动,甚至花40万元来买他的人头。在生死大局面前,朋友们都劝他赶快离开。他却一一拒绝,并且义正词严地说:"我不能离开苦难的人民,昆明还有许多工作等着我做。"深明大义的高孝贞,对他一如既往地支持,甚至做好了同生共死的准备。于闻一多而言,有这些,就已经足够。

他曾说过:"一个人要善于培植感情,而经过曲折的人生培养出来的感情,才是永远回味无穷的。"闻一多夸过学生季镇淮,认为他那种不弃糟糠之妻的精神很令人钦

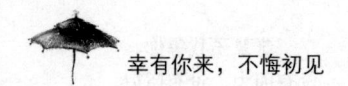

佩，他说："只有对感情忠实的人，才能尝到感情的滋味。他未来的家庭一定比较幸福。"

这句话虽然是说给学生听，又何尝不是说给高孝贞听？在困境和磨难中，高孝贞陪着他风风雨雨地走过来，从未有过厌倦。

1946年7月11日，闻一多的好朋友李公朴被杀，临终前，闻一多不顾发高烧，冒着生命危险去医院看望好友，泣不成声。在得知内线传来的消息，闻一多就是国民党特务暗杀的第二个对象时，高孝贞担心到了极点。她含着泪劝慰丈夫，暂时躲一躲，不要再出去了。闻一多却坚定地摇摇头："事已至此，我不出则诸事停顿，何以对死者？"

三日后，在李公朴殉难的报告会上，他慷慨激昂地发表了《最后的讲演》。当天下午，特务们将他击杀在闻家大门外，享年47岁。听到枪声后，高孝贞发狂似的奔出大门，只见闻一多躺在地上，鲜血渗进土地里。她一心求死，决计随他而去,但霎时又清醒过来:"不,我要活下去,我要活下去!孩子们需要我,一多的仇一定要报!"

莎士比亚说:"不太热烈的爱情才会维持久远。"闻一多和高孝贞之间,就是一段不太热烈的爱情。他们相敬如宾,彼此关心,没有谁出轨,也没有谁负心。他们的情感世界,一如波澜不惊的湖面,没有掀起涟漪,自然也谈不上跌宕起伏。

然而,平淡中的幸福,又何尝不是一种美呢?

至少,一旦让后人回味起来,在沉寂的光阴中,就能让人体会到浓浓的、深深的爱意。

任凭时光如何荏苒,岁月如何蹉跎,都不会苍老,不会陨亡。

反而,常固常新。

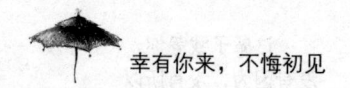

尺素·遥寄

他是闻一多,她是他的爱妻高孝贞。

他死后,她的心一如死灰,追随着过往云烟的痕迹,渐渐消亡。

她明白,丈夫如果还活着,接下来应该会做什么事情。

她认为,自己活着,就是对丈夫余生的延续和支持。

她懂得,丈夫倾洒的热血,不会那么快被后世人遗忘。她要继承这种精神,与远在天国的他,阴阳而对,心意互达。

闻一多死后,她很快投身到革命中,改名为高真。在组织和朋友的帮助下,她带着孩子们回到北平,她的家成为中共的秘密联络点。这些还不够,她要做更多。她冒着生命危险加入解放区,在千难万险之下,苦苦支撑。每每

> 这辈子我等你，
> 没有因为，没有所以

想到死在敌人枪口下的丈夫，她的心中就会燃起斗志。她知道，这样的她，一定会让他更加喜爱。

新中国成立之后，高孝贞的生活归于安逸，简单平凡。从花开到花落，他们的爱情，似乎总觉得缺少点浪漫。没有一见钟情的怦然心动，没有花前月下的互许誓言，没有肝肠寸断的分分合合。一切似乎来得太顺，一切又似乎没有波澜。

1983年11月，闻一多去世37年后，她在思念的揎掇下，不幸病逝，享年81岁。她一直想与闻一多合葬在一起，可是终究没有机会。直到13年后，她的骨灰才被移到八宝山闻一多的墓中。自此，两个人终于见了面，近半个世纪的漂泊无依，到如今，也算是回了家。现在，她要一辈子拥入他的怀抱，像年轻时一样，唇角上扬，再不分开。

大音无声，大爱无痕。

真正的爱情如同是炫丽的烟火，在寂寥的黑夜中，绽

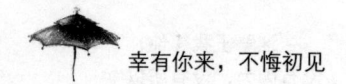

放着震撼人心的光华。每一分每一秒都很亮眼,也都很珍贵。两个人真心相爱,应该把每一天都过成双方渴望的模样。如是,这一辈子,才会幸福无比。他在世时,他们的日子安定平稳。他去世后,她选择以孤独坚守着最后的荒凉。

爱情里最生动、最唯美的注脚,大抵是如此吧。

青涩不如当初，
聚散不如你我

朱湘和刘霓君

幸有你来，不悔初见

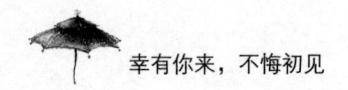

某年某月某日，我在茫茫人潮中看了你一眼，并不深刻。

某年某月某日，意外和你重逢在同一座城市，无关心动。

怎奈，你就三三两两懒懒幽幽，不知不觉落在我的心上。

如果有一天，在同一座城市，你和他再度重逢。

那时，他没有女朋友，你也单身。

你会不会在心中纠结一瞬：我们重新开始吧？

> 青涩不如当初，
> 聚散不如你我

浪漫情书

"这些鱼印的有照片……比起活的来，差得远了。因为活的身体透明，并且在水中游来游去，极其灵活；正像你的照片虽然照得很好看，到底不如见面之时，我能听见你讲话。"

"戍卒边关绿草被秋风一夜吹黄，戈壁的平沙连天铺起浓霜，冷气悄无声将云逐过穹苍——我披起冬裳，不觉想到家乡。家乡现在是田中弥漫禾香，闪动的镰刀似蚕食过青桑，朱红的柿子累累叶底深藏。鸡雏在谷场，噪着争拾馀粮。灯擎光似豆照她坐在机旁，一丝丝的黑影在墙上奔忙，秋虫畏冷倚墙根切切凄伤。儿子卧空床梦中时唤爷

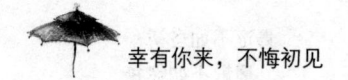

娘。一声雁叫拖曳过塞冷关荒，它携侣呼朋同去暖的南方，在絮白芦花之内偎卧常养。独留我徊徨，在这萧索边疆。"

"我替你取的号叫霓君（这两个字我如今多么亲多么爱）是因为你的名字叫采云，你看每天太阳出来时候或是落山时候，天上的云多么好看，时而黄，时而红，时而紫，五采一般（彩字同）这些云也叫作霓，也叫作霞。（从前我替你取号叫季霞，是同一道理，但是不及霓君更雅。）古代女子常有叫什么君的，好像王昭君便极其有名。"

"我的霓君，我的细君；我的小皇帝，你看这有点趣味吗？我如今在外国省俭自己，寄钱给你，别的同学是不单不寄钱回家，有时还要家里寄钱，你看我比起东方朔先生来，也差不多吧？我想我寄回家的钱，总不止买一头猪罢。"

> 青涩不如当初,
> 聚散不如你我

"你头痛是因为过于操心,又过于想我。最爱最亲爱的妹妹,再过几年我们就永远团圆,我们放宽了心,耐烦等着吧,你自己调养自己,爱惜身子,就如爱惜我的身子一样。因为你的身子就是我的身子。我也当然爱惜我的身子,因为我的身子就是你的身子。我们两个本是一个分离不开的。你务必把心放开一些,高高兴兴,把这几年过了,那时我们就享福了。"

"从前我是长头发,如今我的头发被剃头的不知道剪短了许多,你的头发变长了。这真是夫妻一对。你的面貌虽然极其正经,像教子的孟母,我看来你的脸还像一个女孩子的,一点不显老。"

"昨晚作了一个梦,梦到你,哭醒了。醒过来之后,大哭了一场。不过不能高声痛快地哭一场,只能抽抽噎噎

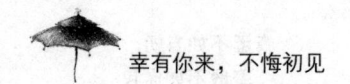

的，让眼泪直流到枕衣上，鼻涕梗在鼻孔里面。"

"我又想到你的温柔，你对我的千情万意，分开了，不能见面，不能立刻见面，说一句知心话，彼此温存一下，像从前那样温存一下。你还记得当时你是怎样吗？我靠在你身旁坐下，你身上面的一股热气直扑到我的脸上（我想我当时的热气也一定扑到了你的脸上）。我当时心里说不出的痒痒。后来我要摸你的手，我偷偷地摸到握住，你羞怯怯的好像新娘子一样，我当时真是说不出的快活。天哪，天哪，但望两三年后，夫妻都好，再能尝尝那种爱情的美味吧。"

> 青涩不如当初，
> 聚散不如你我

他们的爱情 / 你许我情深，我还你义重

那一年，朱湘和刘霓君在一间废旧的旅馆相见。初见面，她第一眼就深深地着了魔，此后的很多年，都在为那一眼的失魂落魄而执迷。然而，朱湘对她却十分冷淡，在朱湘看来，真正的爱情是相互之间的灵魂互通。他要的，刘霓君给不了。

更何况，刘霓君从小与他定下娃娃亲，这种封建社会残留的思想，让在清华学堂深造的朱湘倍觉可笑。可是，一段爱情的开始，终究要有一个人先主动。那次碰面，刘霓君明显主动很多。她钦佩多情的才子，并且提出，自己绝不会让他失望之类的话。而他，却不屑一顾，觉得刘霓君是在逼宫，故而愤愤然离去。

在命运的千拼万凑下，他们再度见面。多年后的重逢，两人之间早已涤荡尽心中的隔膜。况且，当他看到穷困之极的刘霓君时，竟然对这个苦命的女子产生了同情。有人说，爱情中如果夹杂着同情，这一生是难以维系下去的。

庆幸，他们就是例外。

他万万没想到，这份父母之命、媒妁之言，居然也会有一天上升到自由恋爱的高度。后来，他们结婚了，有了好几个孩子。为了生计，他辗转奔波于各地，不辞辛劳，只为赚些少之又少的生活费。他不懂得圆滑，不会世故，每一份工作都做不长久，进而愤愤辞职，或者被开除。

她明白丈夫的为人和个性，一直是他最坚强的后盾。可是，这个后盾也有支撑不住的时候。面对着重重困境，孤傲又自视清高的朱湘，因为无法融进这个社会，在无尽的悲望中，纵身一跃，跳进沧海，结束了自己29岁的生命。

余生，她遁入空门，大隐于市。此后的很多年，是为

青涩不如当初，
聚散不如你我

自己而活，也是为他而活。

时光仍旧在飞逝，可是那一封封情书，却被历史留下，为后人书写着那一段不老的传奇。

（一）初见，我要陪在你身旁

在朱湘还没有出生前，父亲就给他定下一门娃娃亲。

初见时，他已经是清华学堂的一名高才生。因为本身桀骜不驯，加之才学出众，所以对待感情和生活，他总是一副"万般皆下品，唯有读书高"的样子。朱湘的父亲过世后，大哥愈加极力促成这门娃娃亲，于是就带着刘霓君来到清华学堂。

在一间破旧的旅馆中，他们第一次碰面。不曾有任何爱情经历的朱湘，面对同样对爱情宛如一张白纸的刘霓君，尴尬到无言以对。他虽无言，她却有语。刘霓君初见他，

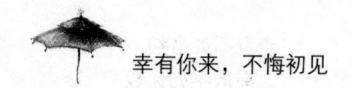

不仅没有拘谨，而且还表示，很早前就在报纸上读过他的诗，甚是喜欢。那一刻，她的心间陡然生出一阵暖流，强烈至极。

人人都说："女追男隔层纱，男追女隔层山。"这句话用在朱湘身上，似乎并没有那么灵验。当刘霓君抛开所有的杂念，释放尽女子本该有的矜持，提出愿意与他成亲时，朱湘的一句冷冰冰的话，还是像刀剑一样刺破她的心。朱湘说："我绝不会完成这桩婚事。"

她感觉自己低到了尘埃里，好像一抔黄土，风来时被扬起，风息时又不得不坠地。可是，她仍旧很喜欢朱湘啊。每个清晨初醒时，每个夜里难眠时，每个冬季严寒时，每个夏季燥热时。她爱他，是除了父母之命、媒妁之言以外的感情寄存。她欣赏他的才情，就宛如星辰贪恋着月亮的光华。

她压低了声音，稍带惋惜地说道："我不会让你失望的。"然而，朱湘却仍旧无动于衷，他认为刘霓君是在"逼宫"，令他十足难堪。盛怒之下，朱湘甩甩衣袖，愤然离去。

刘霓君没有放弃。相反的，她很单纯，也很执着。

她说："你不爱我，没关系，我不放弃。"

这个世上，有太多的爱情是敌不过死缠烂打的。张兆和在沈从文长年累月的情书轰炸下，终究软了心，与他结为一世夫妻；王映霞纵然是杭州第一美女，可在有妇之夫郁达夫的热情追逐下，也放下高冷的架子，与他过起柴米油盐的普通老百姓式的生活。

那些，大多是男追女。刘霓君要做的是，以一个女子固有的姿态，得到所倾慕男子的忠心相爱。她觉得，总有一天，朱湘会爱上自己，只是现在时间不够，历练不深，时机不对。这就是她的爱情观，在荒芜的时光里，她一个人，痛并快乐地承受着所有的一切。

朱湘生来孤僻清高，他不敢接受这段感情，便把自己

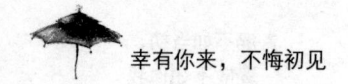

圈困起来，将所有的激情付诸诗意的世界中。他挚爱着文学创作，大部分的时间都花在了写作上。然而，世上有很多的事，不是拥有一腔热血就能完成的。朱湘纵然有绝世才情，可也无法撼动既定的体制。

他在第二十七次抨击清华早点名制度后，最终被清华开除。这一个消息，瞬间在同学们中炸开了锅。反观之朱湘，却不以为然，每日混迹于学校里的各个地方，仍旧像个没有事的人。

在北京待不下去后，朱湘决定南下上海。

命运或许就是这么巧妙。你以为，有些人可能这辈子都会消失在你的记忆里，可就在下一个路口，你却能与他邂逅在某个拐角处。不早不晚，恰如当初。

再度邂逅刘霓君，当是冥冥之中的注定，又是全天下最好的安排。自从那日北京旅馆的不欢而散后，他早已忘记了这个女人。在他的世界里，两人这辈子都不可能有交

> 青涩不如当初，
> 聚散不如你我

集。然而，上天还是让他们相遇了，就在他们最孤苦无依的时候，悄悄地、温柔地将彼此牵引在一起。

朱湘从家人口中得知，刘霓君也来到了上海。原来，她的父亲去世后，家中的财产都被兄长霸占了。一无所有的刘霓君，只好一个人前来上海闯荡，想凭借自己的一双手，求生求活。朱湘呢，在得知这件事后，心中万分地疼惜这个女子。

有人喜欢用"患难见真情"来形容两个人微妙的关系。其实，在爱情的世界里，又何尝不是这样呢？如果没有家族关系的裂变，如果她没有来到上海，如果所有的一切都定格在昨天，他们又怎会有希望再次相逢？他遇见她，或许只是一次巧合；而她爱上他，却是披星戴月地追赶。

他从家人口中问出刘霓君的地址后，决定亲自去一趟她所在的工厂。那是一个冬天，寒风如刀凛冽。夜色中，零星点缀着耀眼的星辰。这里是一片荒凉的纱厂洗衣房，四处是破败低矮的楼房，不见一丁点儿繁华的气息。倔强好强的刘霓君，就是依靠着一双手，用整日整夜的劳作，换来一份微薄的薪酬。他看着她，心酸到不能言语。她望着他，欣喜中略带矜持。他们四目相对,时光好像就此沉沦。谁也没有提前发话，又都在等对方的一个回应。

人们常说，两个有情人碰面，往往是最爱对方的一个人先开口。原因很简单，因为爱你，所以在乎，进而不希望让冷漠变成彼此难以逾越的屏障。最后，还是刘霓君开了口。她对朱湘的到来表示感谢，字句中又夹杂着少许的喜悦。两人互相寒暄几句，虽然没有过多的言语，但刘霓君明显能感觉到，此时的朱湘对自己，早已没了当初的孤傲和不可一世。

> 青涩不如当初，
> 聚散不如你我

（二）原因很简单，因为爱你

这也许就是幸福最好的开端吧？自那一次会面之后，两人又再度拉开距离。朱湘深深沉浸在自己文学创作的海洋中，渐渐累积了一些名气。他的生活水平慢慢提高，经济条件也得到了改善。此时的刘霓君，却仍旧没落在惨苦的环境中。

有一天，他再次来到这间破旧的纱厂，正好赶上刘霓君生病。看着躺在床上发高烧的刘霓君，他的心里陡然生出一丝怜惜。人在最脆弱的时候，也最容易爱上一个人。在刘霓君心中，她此生除了朱湘，绝不会再倾心别的男子。然而，此时的朱湘，内心五味杂陈。他还不清楚这是一种什么样的感觉。他只是觉得难受、愧疚，甚至体会到那么一丁点儿的甜意。

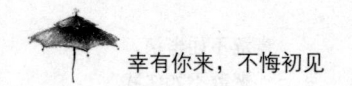

"我爱你朴素，不爱你奢华。你穿上一件蓝布袍，你的眉目间就有一种特异的光彩，我看了心里就觉着无可名状的欢喜。朴素是真的高贵。你穿戴整齐的时候当然是好看，但那好看是寻常的，人人都认得的。素服时的美，有我独到的领略。"

两人同在上海，远离家乡，孤苦无依，因而遇到一些事情后，常常需要互相照顾。正是这样的机会，命运将他们推到了一起。生活上的交集，使得他们走进了彼此的生活。

终于，他们有了爱情。

朱湘决定接受刘霓君。一方面，他们自幼就定下娃娃亲，父母的嘱托终究是藏在他心间的一件事。另一方面，他没能预料到，自己竟然会爱上她，甚至爱到无法自拔，难以割舍。婚后的日子，二人过得异常甜蜜幸福。她原名叫刘彩云，朱湘觉得缺乏诗意，就给她起了一个好听的名

> 青涩不如当初，
> 　聚散不如你我

字——刘霓君。他们有了自己的孩子、自己的家，这份父母之命的婚姻，到最后终于散发出自由恋爱的光芒。世人每每念及，都会感到钦慕无比。

1927年，朱湘在朋友的帮助下有机会回到清华复学。经过自己的努力，他还获得了公费赴美留学的资格。不久后，朱湘到了劳伦斯大学求学。因为教授诋毁中国人，言语激烈，他愤然退学，并于同年转入芝加哥大学。在芝加哥，他又因为教授对他人品的怀疑，加之班上女同学对他的歧视，他再度退学。

有个性的朱湘，真是猖狂至极。他追求自由，又张狂随性。这样的性格，注定使他一辈子不招人待见。可是，要那么多人待见干什么？在他看来，活得不像自己，处处忍受倾轧，又何尝不是一种痛苦呢？他要做回自己，不迎合，不奉承，不虚伪，一腔肝胆可昭日月。

在异国他乡，他想她，尤其当一个人受了委屈，却不

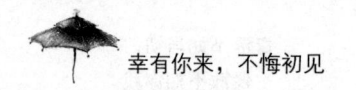

知道找谁倾诉的时候，刘霓君成了他唯一坚持下去的理由。他说："霓妹我的爱人，我希望这四年快点过去，我好回家抱你进怀，说一声：'妹妹，我爱你！我永远爱你！'"

她又怎会不想他？隔一段时间，她都会给朱湘寄一封信，交代家中的琐事，传达遥远的相思。每一封信，朱湘都好好地珍藏着，反复品读，就仿佛，见字如面。

"妹妹，你的信我都好好收起，注明号码。哪封是哪天发的，哪天到，我都写得明明白白，好带回家去。我们肩并着肩从头细看，细数这五年的离情别意。"

情人之间的分别，往往是苦涩的、灼心的。异地恋，本身就是一种痛苦。更何况，在交通和通信都不发达的民国。一对情侣，谈一场跨国恋爱，无形间要承受太多的煎熬。他们无法打长途电话，无法开远程视频，无法乘坐飞机一夜就来到那人身边。他们唯一的寄托就是写信，每一个字，每一个标点，每一句话，都会好生揣摩很久。也许，这就

> 青涩不如当初，
> 聚散不如你我

是民国爱情难能可贵的地方：坚守和不相负，最终成就一段段美好的故事。

（三）我又想到你的温柔

他虽然是一个男人，却也有不坚强的时候。他写信告诉刘霓君："我爱的霓妹：昨晚做了一个梦，梦到你，哭醒了。醒过来之后，大哭了一场。不过不能高声痛快哭一场，只能抽抽噎噎的，让眼泪直流到枕衣上，鼻涕梗在鼻孔里面。今天我看书看得眼睛都痛了，半是因为昨夜哭过。"

世间最痛的分别除了生死，或许就是如此了吧？想见不能见，想拥不能拥。明明双方都痴情着，心意互达着，却只能被冷冷的海岸线隔开，宛如古时的牛郎织女，平添了太多的无可奈何。

两年的留学生涯，朱湘给刘霓君写了很多书信。后来，

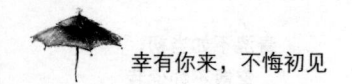

朱湘的生前好友把这九十四封信整理出版，就成了现在我们所看到的《海外寄霓君》。这部作品与沈从文的《从文家书》、鲁迅的《两地书》、徐志摩的《爱眉小札》，并称为"民国四大情书集"。

因为思念刘霓君，他没能完成学业，就于1929年提前回国。临走前，他给她写了一封信："我如今凭了最深的良心告诉你，你有爱情，你对我有最深最厚的爱情，这爱情就是无价之宝。"回国后的朱湘，担任安徽大学的英文系主任。那时，他的工资每月能开到三百元，养活一家人绰绰有余。可他，终究是一个不安分的人。因为学校把"英文文学系"改成"英文学系"，让他很不满，因而他在拂袖离去前，还写下一段话："教师出卖智力，小工子出卖力气，妓女出卖肉体，其实都是一回事：出卖自己！"

回到家里，看到日夜操劳、面容憔悴的妻子，他的心，再度软了下来。很多时候，他往往想到的是自己，如何痛快，

> 青涩不如当初,
> 聚散不如你我

如何酣畅淋漓,就如何去做。可是,作为一个丈夫,他却从未站在妻子的角度考虑问题,甚至从未想过,他还有一个家,还需要肩负起家庭的责任。

他虽有一身才华,但所写诗歌换来的稿酬,也只能勉强维系家中开销。他对金钱无感,所以每次来了稿费,他都不是自己去拿,而是让刘霓君代为领受。在他眼中,以文卖钱是一件极不光彩的事。他为清高和孤傲而活,她却要充当他强大自尊心的垫脚石。

朱湘如此孤傲,就只能委屈刘霓君了。在生活面前,她从来都不怕累,当年在纱厂时,她也是一个人挺过来的,吃苦耐劳算不得什么。故而,她去一家缝纫公司学习刺绣,只为赚些钱贴补家用。随着第三个孩子的降临,家中的生计越发艰难。因为营养不良,孩子刚出生就得了大病。

那是一个冬天,寂夜无星,寒风凛冽。夫妻二人急急忙忙抱着孩子去医院就诊,最终却因为孩子没能得到有效

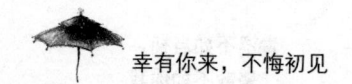

救治而夭亡。一向刚强的刘霓君，面对着孩子的离世，再也按捺不住心中的愁苦，她当面指责他自视清高，埋怨他不会妥协，不懂得人情世故。

他们之间有了一次争吵，剧烈的、撼天动地的争吵。因为生活的压力，他服软了，不得不做出最后的让步。日子还要继续，家庭还要养活。于是，他开始奔波于北京、上海等地，开始为了那些不入他眼的钱财，做着很多他心不甘情不愿的事情。

性格孤傲的人，永远也学不会圆滑。他就是如此，接二连三地碰壁，又愈挫愈勇地坚持。一日挨过一日，他受够了这样的生活，感受到无限的绝望。

1933年12月5日，他站在从上海驶往南京的客轮上。远处是蔚蓝的天空，响亮的汽笛声充斥着苍穹。他信手拿着海涅和自己的诗，面对着波澜壮阔的大海，进行了最后一次朗读。他再也受不得生活的倾轧，他想找一种方式解

> 青涩不如当初，
> 聚散不如你我

脱。于是，他纵身一跃，跳进了清波中。所有的痛苦，在失去意识的一刹那，终将烟消云散。可是，还有一个声音在他的脑海久久回荡，他没有忘记："我又想到你的温柔，你对我的千情万意，分开了，不能见面，不能立刻见面，说一句知心话，彼此温存一下，像从前在京城旅馆内初见面时那样温存一下。"

是她，没错。若自己就这么自私地死了，徒留她一人在这个世上，该有多么痛苦？然而，世上没有后悔药，错过就是错过，不可能令时光倒流。他就这样告别了这个世界，他就像那匆匆划过的璀璨的流星。这一年，他年仅29岁，被鲁迅誉为"中国济慈"的诗人。

幸有你来，不悔初见

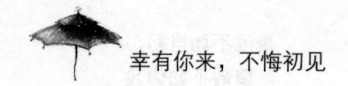

尺素·遥寄

朱湘去世后，她的心也如同死去，今生再不会嫁给任何一个男子。她选择削发为尼，后半生皈依佛门，从此隐于市，不再过问羁绊的红尘。

他们的儿子朱海士（小沅）被送往北京的贫儿院，日子也过得异常艰辛。抗战期间，刘霓君带着儿女们来到四川，朱海士在四川某所高中毕业后，来到一个小县城的乡村学校教学。因为薪酬微薄，难以维持生计，他又考上了西南联大，但是刘霓君坚决不让他学文学。

她担心朱海士与他的父亲一样，一旦学了文学，就会走火入魔，跌入万劫不复的深渊。年轻的时候，她倾慕朱湘的文学造诣，认为像他一样的男子，才真真正正是自己

> 青涩不如当初，
> 聚散不如你我

要嫁的人。等到老了，最爱的人离世了，对于文学，她又有了强烈的抵触。她始终觉得，如果朱湘不是诗人，而是一个普普通通的社会人，他就不会那么清高孤傲，不会不懂世故圆滑，更不会偏激处事，终成大祸。大概，因为爱得深，所以恨得切吧。

1974年，刘霓君去世，她贫困了一辈子，至死丧葬维艰。近半个世纪的感情纠缠，到如今，终于画上圆满的句号。41年前，朱湘带着满腔的恨自殒；41年后，刘霓君在相思的煎熬中离世。怪不得文人都向往一种精神恋爱，因为精神恋爱更容易记住一个人，一辈子都永生难忘。

朱湘离世后，刘霓君觉得此生再没有什么人能配上自己。与其说，遁入空门是一种逃避的方式，倒不如说，她思念朱湘太重，便想寻找一个可以忘记这份痛的法门。可是，她找了一生，寻了一生，这份痛不仅没有忘记，反而愈演愈烈。

幸有你来，不悔初见

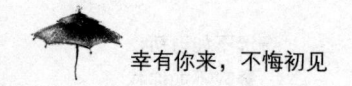

　　于我，更觉得他们的情深，在岁月的浪涛中，静谧流淌，生生不息。

牵你的手,
历经最平凡的细水长流

庐隐和李唯建

幸有你来，不悔初见

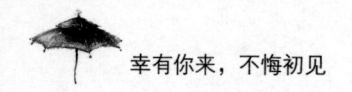

庆幸，我遇到了这样的你，所以很多年后，依然很回味当初的相逢。

爱情从来都不是自由来去的东西。一瞬间，你爱上他。又在一刹那间，他离开你。

所有的爱与不爱，不过是一念之间的取舍。

两人相爱到最后的结局大抵如此，或是分开，或是习惯。换而言之，就仿佛是走开，或者将就。

没有结果，只能算作曾经爱过。不论你爱过谁，结果只有一个，陪你到最后的人，才是真爱。

> 牵你的手，
> 历经最平凡的细水长流

浪漫情书

"我们初次相见，即互示以心灵，所以我不高兴打诳语，直抒所欲言，你当能谅我，是不是？"

"——纵使平凡能获得女王的花冠，我亦将弃之如遗。啊，昇云，你不必替我找幸福，不用说幸福是不容易找到，我也不见得会收受。你要知道，有了绝大的不幸，才有冷鸥，冷鸥便是一切不幸的根蒂。"

"唉，昇云，我怨吗？我恨吗？不，不，绝不，我早知道我的生是为呕吐心血而生的。我是点缀没有生气的世界而来的，因之荆棘越多，我的血越鲜红，我的智慧也越

幸有你来，不悔初见

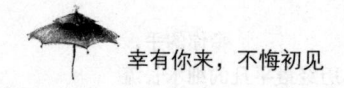

高深。"

"自从认识你以后，我的心似乎有了一点东西，——也许是一把钥匙，也许是一阵风，我的心不安定呢。"

"疯话一篇也许你懂，——当然我是希望你懂；不过，不懂也好，至少没有钥匙，没有了风，我的心门将永久闭塞，我的生命也永不起波浪。好了，星期日见吧。"

"我觉得有一个美丽的幻影在我面前诱惑，我发誓纵使这幻影终久是空虚而苦痛的，但是我为了他醉人的星眸，我要追逐他——以至于这幻影消灭了，——我也毁灭的时候！呵！昇云，我不愿更饶舌了，我只有沉默——除了沉默是没有方法可以包涵我心中无限的意思！"

"我将怎样的感激你呢？——这虽是几个不能写出蕴

牵你的手，
历经最平凡的细水长流

蓄着我心灵深处的情感的文字，但是我得到你的信之后，总觉得心头更充实一点，自然这未免太愚钝了，是不是？"

"血与泪是我贡献给你的呵！唯建！你应看见我多伤的心又加上一个症结！自然我也知道这不是你的错，你对我的真诚我不该怀疑，然而呵，唯建，天给我的宿命是事事不如人，我不敢说我能得到意外的幸福，纵然这些幸福已由你亲手交给我过！唉，唯建！唯建！我是断头台下脱逃的俘虏呵，你原谅我已经破裂的胆和心吧……"

"你这几天生活如何？'风'到底经过些什么所在？——美丽的花丛吗？幽暗的森林吗？我虽是捉摸不来，但是我准知道'风'总是'风'罢了，聪明的云，你说对不对？"

"好了，见面在即，留些话慢慢倾吐吧。你问我每顿

幸有你来，不悔初见

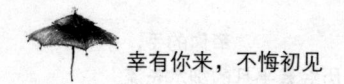

吃几碗饭，惭愧！还是一碗主义，然而你呢？——我希望你强饭自爱！"

"我又搬家了，可怜如此不安定漂泊的灵魂，何时方能归宿呢？鸥，你如注意我，可怜我，我便胆大地讲一声：我终久的归宿是在你柔温的胸中！你不必拒绝，更无须退缩，我告诉你，我现在外面虽然像流动无归的浮云，其实我深心处，呵，不，我的心之根已长在一块润湿肥沃的土中，鸥，你说是不是？"

牵你的手，
历经最平凡的细水长流

他们的爱情 / 我漂泊的魂灵，你就是归处

这个世界上最苦恼的事，就是对一个触碰不到的人无缘无故的爱。

有些爱情是没有预料，没有任何防备的。遇见一个人，在什么时候、什么地点、什么样的环境中，似乎都是冥冥中注定的。

在一次师生聚会上，他初见她。那时，他还是一名学生，她却早就是蜚声文坛的大家。因为相互间对文学的热爱，两人相谈甚欢。庐隐留给他一个地址，他们有了第一次近距离接触的机会。

起初，他们只是谈文学，聊人生，还是纯粹的友谊。随着时间的推移，两个人长年累月地相处，他渐渐爱上这

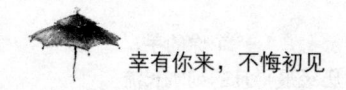

位比自己大9岁的女人。他称呼她为"姐姐""心灵的姐姐",他不在乎之前的她经历过什么,他愿意肩负起照顾她一辈子的重担。

可是,经历过订婚、解约、恋爱、结婚、丧夫等一系列挫折后的庐隐,对待感情十足的慎重。她不敢轻易接受他的爱,甚至以一种近乎决绝的话拒绝。

然而,他依旧不改痴心。

数年的你追我逃,庐隐终究是屈服了。她答应了他,他们开始了一段新的生活。

他们一起去扶桑,在东京建立爱巢。后来,因为经济不支,他们又回到中国,在西湖住了半年。有他在的日子,她的世界里每一天都充满阳光,不再是当初的暗黑无垠,不再是当初的凄风冷雨。

34岁,庐隐难产离世。在庐隐去世一周年之际,他写下字字如血的《悼庐隐》一文,刊登在《文学月刊》上,令读者流泪,闻者哽咽。

1981年,他离开了这个没有庐隐的世界。他们终于融为一体,在碧海蓝天处相逢,过上曾经赌书泼茶的日子。庐隐的一生悲凉凄楚,因为遇到李唯建,才有了重新过活的勇气。

我始终记得庐隐对他说的那句话:"让我们是风和云的结合吧。我们永远互相感应、互相融洽,那么,就让世人把我们摒弃,我们也绝对的充实、绝对的无憾。"

(一)回头看,不曾走远

旧时的北平,在一个僻静的胡同中,有一套朴实的四合院。四合院的三面是灰色的砖房,正屋廊前有一棵开满白色花朵的梨树。自大门望去,在四合院的西偏房,一个身穿浅色棉旗袍的短发女子,正坐在窗户前,手中握着钢

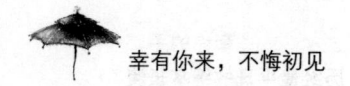

笔伏案疾书。

她没注意到,巷子里,此时走来一个年轻的男子。他站在门口,倚着大门,静静地往里远眺。不承想,身后传来两个生冷的字——爸爸。他回过头,看到一个七八岁的小女孩蹦蹦跳跳地跑过来,脸上挂着欣喜又腼腆的笑。男子冷冷地转过头去,未做任何搭理……

这个奋笔疾书的女子叫庐隐,那个年轻的男子就是她再嫁的丈夫李唯建,小女孩则是她与前夫郭梦良所生的女儿郭薇萱。

这个世上,遇见一个人,有千万种方式。可是,她却偏偏在最心灰如死的一种方式里,邂逅了这样一个男子。张爱玲说:"人生就像一袭华美的袍,里面爬满了虱子。"她和他的生活,就是如此。嫁给李唯建的四年里,她虽然享受到少有的幸福和平静,但也经受着种种的不如意。他们之间小打小闹是常事,而最不能让庐隐忍受的,便是李唯建对郭薇萱疏离和排斥的态度。

然而，一切的故事，都要从初见说起——

沉浸在丧夫之痛的庐隐，在一次因缘巧合之下，遇见了她最后一任丈夫——李唯建。

如同张爱玲和胡兰成的相识一样，李唯建初次知道庐隐的名字，是在某次，他经梁漱溟介绍去拜访北大哲学系教授林宰平，看见林宰平书桌上有庐隐与人合编的《华严月刊》，信手翻阅了几页，竟被她绝世的才气深深吸引。于是，他的心间顿生拜访这位"浪漫主义女作家"的念头。

那时，庐隐年届三十，其貌不扬，而且新寡不久。关于爱情，她早已弃之千里，不报以任何希冀。她曾对"四公子"们说过："我学静轩，抱独身主义，孤云般自由自在！"但，也不乏追求者。

可是，缘分就是这么巧妙，不早不晚，一切来得刚刚好。

1928年3月8日，庐隐在林宰平教授的介绍下，前往

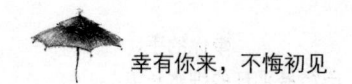

瞿世英家里做客。她万万没想到，这一次稀松平常的聚会，竟然会在她的感情世界里荡漾开非同寻常的涟漪。

初见时，他还是北平清华大学西洋文学系的学生。那日，李唯建因为路遥未能守时到来，庐隐面露"一丝不豫之色"。情况百转之下，庐隐问起他的文学爱好和写作情况。他滔滔不绝地谈起拜伦、雪莱以及布莱克和泰戈尔的诗，还说起，自己与泰戈尔有过几次书信往来。她听后颇为满意，便给他留下一个地址，并在地址下方签上自己的大名。庐隐两个字，在李唯建的心中，还是有惊天撼地的力量的。他们之间，终于有了一次单独会谈的机会。

于是，一张纸条，改变了他的命运。

每逢星期日，李唯建都要从西郊的学校跑到城里来与庐隐相见。偶尔，他们会泛舟于北海，对着茫茫月色，谈心聊天。旧时的北平，颐和园的水榭，圆明园的旧迹，西山幽僻的小径，都留下他们或深或浅的脚印。

牵你的手，
历经最平凡的细水长流

他从小就是孤儿，早年丧母，极其渴望"一个好的有力量的乳母"。那时的庐隐，比他年长9岁，在文学道路上又开辟出一片新的天地，恰恰成为他追求的对象。

终于有一天，他独自来到庐隐的四合院。

他矜持内敛，所言之处，多是人生和文学。她报以真诚，像姐姐对弟弟一样，尽可能地引导和传达人生经验。他开心起来，叫她"姐姐""心灵的姐姐"，言语之中流露的尽是崇拜和欣赏。她却避之千里，面对着李唯建的步步靠近，只能一次又一次地后退。

女人的直觉一向是很准的，她隐隐约约能感受到，他们之间存在的，不仅仅是纯粹的友谊，这其中还夹杂着朦胧的情丝，就像是晨间的薄雾，看似迷离，却又本真。

更何况，她之前经历过两段感情。少女之时，她爱上了自己的表亲林鸿俊，母亲和哥哥觉得表亲家里穷，没有入学深造过，会毁了她的一生。处于叛逆期的庐隐，凭着

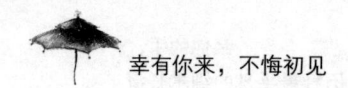

一腔愤懑，给母亲写信道："我情愿嫁给他，将来命运如何，我都愿承受。"后来，庐隐毕业后，因为价值观和人生道路的不同，最终与表亲林鸿俊解除了婚约。

1923年的夏天，她与郭梦良在上海一品香旅社举行婚礼。婚后，她发现理想的婚姻生活和婚后的生活竟然是两个天地。两年后，郭梦良因肠胃恶疾一病而逝，她便带着孩子，一个人从福建漂泊到上海，过起了隐世独居的生活。在李唯建没有闯进来之前，她的世界里是一片黑暗，看不到阳光，也捕捉不到清风。

李唯建得知她的遭际后，不仅没有退却，反而更加果敢地去表达自己的爱意。经历过爱情的人，分外懂得这其中该有怎样的痴缠和不幸。痴缠的是，两个人之间的惺惺相惜、浓情蜜意。而不幸的是，明明深深相爱，却因为种种原因，无法走到一起。

那时的庐隐，在时光的倾轧下，经历过订婚、解约、

牵你的手，
历经最平凡的细水长流

恋爱、结婚、丧夫等一系列惨痛的挫折。况且，她还带着孩子，是一位单亲母亲。对于感情，她明显比李唯建考虑得成熟和慎重。他们年龄的悬殊，也是庐隐终究跨不过去的一个坎。种种因素之下，她一再拒绝他的表白。

李唯建没有放弃，反而一再劝说她："我以为你太注意世人的批评。世人的议论只是一种偏见……我们又何必看重他们的浅见呢？"处于人生低谷的庐隐，终究没能敌过李唯建的攻势。在茫茫夜色中，她苦苦经受着思想斗争："我从来没有遇到过对我人格的尊重和清楚更甚于你的人，换一句话说，我自入世以来只有你是唯一认识我而且同情我的人；因此我愿为你受尽一切的苦恼。"

她就是这样一个女子，在绝世的尘寰中，像是一朵傲然的梅花尽情绽放着，冷艳而妖冶。她不会以俗尘的角度去评价一个人，对于一段感情，既不会转很多圈，也不会拐很多弯。爱上了就是爱上了，若是喜欢，不必藏着掖着。

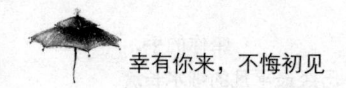

只是，这种直白的感情流露，往往会给予追求自己的人更多的希望。毕竟，有希望，也就有在一起的可能。

或许，她也正等待着一次浴火重生，在滚滚红尘中洗尽铅华，以崭新的姿态来迎接他。

终于，这一天，真的来临了。在痛定思痛之后，她咬咬牙，做下最后的决定："让我们是风和云的结合吧。我们永远互相感应、互相融洽，那么，就让世人把我们摒弃，我们也绝对的充实、绝对的无憾。"他们结合了，像是两只飞入乱花丛中的蝴蝶，尽情地享受着阳光和雨露。

那一年，她32岁，他23岁。

（二）依依目光，此生不换

庐隐，原就是万丈红尘之外的一个人。她生得不拘泥于俗世，过的生活，自然也要绝尘于俗世。遇到李唯建后，她才真真正正找到一个懂自己、爱自己、护自己的人。所以，她就此甘愿放下所有。两人携手而行，过想过的生活。无关乎名利，无关乎地位，亦无关乎风月。

李唯建，以固有的执着，履行着一个男人曾经许下的诺言：陪伴她，无论天涯海角。

爱情的惊涛骇浪过去，徒留下的是生活的平淡和琐碎。况且，脱下这件爱情的华服，现实中的婚姻，该是何等的残酷？任凭什么样的人，终究难逃人间烟火的牵绊。

1928年8月，庐隐毅然决然地辞掉北京师大附中的教职，两人带着简单的行李，迎着风登上轮渡，没有丝毫犹豫地东渡扶桑，想过一段绝乎尘寰的生活。

从前，生活赋予她的是无穷无尽的悲，人生留给她的是蜿蜒崎岖的痛。解除婚约、离婚、丈夫去世、好友石评梅去世等等的打击，像是恶魔一样缠着她。别人都说，她是天煞孤星，生来就该是一个人，因为但凡与她关系不错

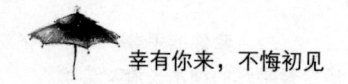

的，最终都不会有好下场。

而今，李唯建给了她希望，知道她的所有不幸，他曾说："同情心太大太深，便变为伟大纯洁的爱了"。到底是同情心大于爱，所以他对她的爱护，也是基于一种心底的疼怜。就这样，他们在东京找了一份文字工作，过起了普普通通的老百姓式的生活。

庐隐爱得投入而尽情，她想要把所有的好都拿出来，取悦一个比自己小 9 岁的丈夫。她的年纪颇大，不适合穿年轻一点的和服。可是，为了带给他快乐，她宁愿顶着千百个不愿，与他相处时，穿着这件衣服，在家中款款而走，洗衣做饭，烧菜煲汤。

这样的生活没能维持多久，几个月后，他们由于生计拮据，日元高涨，不得不考虑折回中国。回到杭州，他们在西子湖畔重建家园，对月而居，枕风而眠。那时的生活，虽然穷困无比，但却过得松散自在。好在，让庐隐感到庆幸的是，他们有了自己的爱情结晶。为了纪念那次难忘的扶桑之旅，他们给她起了一个好听的名字——瀛仙。

庐隐以为，有了他们自己的孩子，自今而后的生活就能安定了吧？其实不然，她并不知道，一个巨大的危机正渐渐向她靠近。她开始了真正的"三窟"生活：教书、写作、担当家庭主妇。写作和教书是她心之所往的事，算不得什么。只是，做起家庭主妇，又要考虑柴米油盐酱醋茶，反倒将她累得"像负重的骆驼"。

只要与他在一起，再累也是幸福。她默默奉献着自己的全部，像是母亲对儿子深深的眷顾。而他，居然渐渐习惯了这种照料和妥协。婚后，他不好好工作，长时间闲散在家中，而且极其大男子主义。她多次劝慰他上进，他却冷笑置之，不干家务，不专心工作，还要让她既做职业女性养活全家，又做贤妻良母，照顾好孩子和生活。最让她寒心的是，他对郭薇萱的态度——冷漠与不屑。

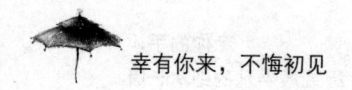

他们彼此出现裂痕,像是墙壁上断裂的纹路,虽然房子没有坍塌,但早已无法一如当初。她无力改变什么,仿佛又回到了当初离婚后的状态,抽烟喝酒,打麻雀消愁。他看不惯她的行为,也不去劝慰疏导,反而偷偷溜出家去,到灯红酒绿的风月场所寻欢作乐。

她曾对他说:"你是我的宗教,我信任你,崇拜你,你是我的寄托。"她用尽全部的力气去爱,换来的却是他的漫不经心和不屑一顾。朋友们纷纷感叹:"这位女作家太不幸了!"后来,为了替她分解忧愁,朋友便出面请舒新城介绍李唯建到中华书局编译所工作。

至此,他们的冷战,方才缓和。

(三)如果时光停留在那天

两人的生活,终于步入正轨。各自有了追求,生活重燃了希望。

他有了工作，不再是个闲散的人，这点是极好的。于是，他开始了积极的人生，结交徐志摩、沈从文、邵洵美等知名文人，在《新月》月刊、《诗刊》、《人间世》等刊物上发表新诗、译诗和译文。她也不曾闲着，文学创作到达一个新境界，她说："我大胆地叫出打破藩篱的口号，我大胆地反对旧势力，我大胆地否认女子片面的贞操。"她觉得，自己不应该以个人安危为安危，反而要放眼更多的人，经历更深沉的生活，为一切阶级的人鸣不平。

他们的爱情是甜蜜中的忧伤，像一块水晶糖，刚刚品的时候甘甜，吃到最后却有点涩涩的麻嘴。生活之于他们，纵然不再暗淡，灵魂也有了寄托的港湾，但是，他们的日子依旧拮据，在这种穷困生活的倾轧下，她的生命也止步于此——

1934年5月13日，她怀了李唯建的第二个孩子。一个36岁的孕妇,即便搁在现在,也算是高龄产妇。她想给他幸福,还他一个温馨的家,便强忍着剧痛和危险,毅然决然地坚持生下孩子。因为家中贫困,她没有去正规医院,而是用仅仅十数元雇请了一个助产士来家伺候。由于接生婆的失误,她的子宫被划破,流血不止。在被送往医院的路上,她留下一句无可奈何的话:"开追悼会要用基督教仪式,口中不断地念上帝,主。"

在生命垂危之际,李唯建义愤填膺地要去控告那个害人的庸医,她却一把拉住他的手,用尽力气说道:"算了,不要去告了。告他又有什么用呢?何苦再去造成另一个家庭的不幸呢!"她总是这样仁慈,以一种悲天悯人的心来对待这个世界。她死前,拉住两个女儿的手,交到李唯建的手中,叹息着说道:"唯建,我们的缘分完了,你得努力,你的印象我一起带走了。"

我想起同在乱世中陨落的女作家萧红,她们的经历,

牵你的手，
历经最平凡的细水长流

在一定程度上竟是如此的相似。这辈子，她们都有过一段青涩的恋情，曾经定下一纸婚约，而后又不得不解除婚约；她们也曾遇到过一个待自己如玉如宝的男人，然后很用力地去爱，很用力地为他付出全部。可是，到头来，她们又不得不面对一个悲凉的现实——英年早逝。

13日11点20分，庐隐逝世于上海大华医院十四号病室，享年36岁。一辈子的跌跌撞撞，到最后留给后世的，徒余太多的惋惜和感叹。她生前没有什么资产，死后自然也留不下遗产。唯有那几部珍贵的作品，反倒成为她一生的牵挂。

李唯建到底是她的知音，将她的全部作品放入棺内，借以慰藉她的在天亡灵，伴她长眠地下，永世长存。这一段老妻少夫的传奇恋情，仅仅维持了短暂的四年，就以惨淡的阴阳之隔收场。可是，这四年，足够了。纵然生活中有那么多不尽如人意，但只要有他在，就有了生的希望，

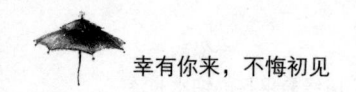

还奢求什么呢?

突然,我想起泰戈尔的那句话,"爱是亘古长明的灯塔,它定睛望着风暴却兀不为动,爱就是充实了的生命,正如盛满了酒的酒杯"。

尺素·遥寄

庐隐的一生如同秋叶吹过,伴随着萧索的秋风,寂寂地落在地上,完成了华丽的谢幕。

李唯建就是那阵秋风,曾经带给她如云如烟的过往,又在她生命的最后一刻,护着她归于尘土。

他怀念一个人的方式,就是手捧着两人的旧事,在碧海蓝天处冥想。自从庐隐去世后,李唯建悲痛欲绝,精神失常,总觉得在睁眼与闭眼间,她就站在自己眼前,还是

> 牵你的手，
> 历经最平凡的细水长流

像过去一样嘘寒问暖。只是，错觉毕竟是错觉，阴阳相隔的痛，终究是他一生解不开的心结。

在她去世的周年上，李唯建写下情真意切的《忆庐隐》，哀沉地悼念亡妻。他悲痛地写道——

你悄悄地躺在地下，头下有白杨萧萧，碑旁有声啾啾，这是死还是睡，或是化成一颗露珠、一只飞萤，但无论你变作什么，我总相信你是永生。庐隐，你知愁肠百转中的我实在无力支持，请从天上洒下一点生之勇气，只要我还在，能保着这副灵魂，这副灵魂未散仍有一种感情、一缕心思，在这感情与心思中我永远记着你。

我的话说不完，我的心变成一流小溪，潺潺不息地往东流着，等到流入大海，它就要沉默了，正如你曾说过，"沉默比什么都伟大"，在此沉默中我们互相契合。

日月星辰照耀着，春夏秋冬转递着，我望着时间发痴，

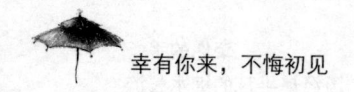

于无可奈何中收住我这哀音罢。

也许是情深缘浅。

有些感情一旦起步,当再度落下时,将会是挖心挖肺的痛。不论时隔多少年,他都记得她的一颦一笑。从结婚到生离死别,他们一起相守不过短短的四年。可就是这四年,却让他回忆了半个世纪。那可是,一个人的大半辈子啊。

1977年,李唯建70岁。他又一次想起她,想起那个他曾经辜负过,而今再也无法弥补的妻子。他写下最后的抒发生平感思的自传体长诗《吟怀篇》,回忆了与庐隐的相识、相恋、相守、死别的一幕幕故事,不禁使人潸然泪下——

海滨灵海无潮汐,故人一去绝音息。

冷鸥空留逐波影,异云徒伤变幻性。

68封情书,68个日夜,68种想念,最终成就一部《云鸥情书集》。庐隐的好友王礼锡曾说："这一束情书，就是在挣扎中的创伤的光荣的血所染成。它代表了一个时代的青年男女们的情感，同时也暴露了这新时代的矛盾。"这种深刻的爱情烙痕，是李唯建和庐隐共同缔造的，今后，也将会成为两人永恒的代名词。不会苍老，不会消亡，不会遗失，只会在悠长的岁月中常固常新。

1981年11月12日，李唯建与生命做了最后的诀别。

他终于自由了，像一朵漂泊在天空中的白云。在灰色的天际线下，总有一只孤独的海鸥，迎着翻滚的潮汐，与他为伴。那是庐隐留下的幻影吗？如果是，该有多庆幸呢。

没有你，
我将光芒尽失

白薇和杨骚

幸有你来，不悔初见

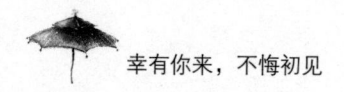

有种感情很微妙：遇见他之前，她爱诗爱酒爱闯天涯；遇见她之后，他是诗是酒也是天涯。

爱上，不代表日后的相濡以沫。

毕竟，爱情是两个人的事，不是一个人的独角戏。有很多人、很多感情，在经历跌跌撞撞之后，被辜负，被冷藏，被伤害，最终分道扬镳，天各一方。

因而，不完美的爱情，造成了彼此不同的爱情缺陷。

女人在感情的角逐中，应当守得住城池。一个真正懂得爱的人，宁可扮演输家，也绝不会尝试着打败爱人。因为打败了她，或者他，你又能得到什么呢？

真爱，就是要懂得让步。

所谓"退一步海阔天空"，正是这个道理。

没有你，
我将光芒尽失

浪漫情书

"只是呵维弟！我还不曾见过你，心里便喜欢笑默默地，常常想，想你好像能和我做朋友，而且会是一副天使心肠的交际。"

"初春，我还没有被大病危害之前，我以你的材料，拟了一幕'雪夜里的哀声'的剧。本想作成寄你，虽不知道你的名字，也不怕你笑死。"

"我喜欢你，我真是喜欢你，敬爱的维弟。我孤哀哀的凝结在冰窖中，有时候也还将万恶的人世记起。因为那装满浊物的人世间，还有个拳拳系念的 P. 弟。维弟，你记起我么？我也碰着了人间的呼息！你想把我拉到人间来大

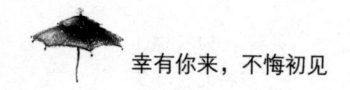

家欢喜做朋友吗？感谢你！只是我全身的机关，都被病魂毁坏了；我玫瑰般红艳艳的热血，全被凶涛冲散了；我没有立得起的力量了。你眼前摆个残疾的朋友，不疑是坟墓里的红发鬼么？"

"爱的维，如果你也真的在爱我，你应该会感着我今天一天为你烦恼的心罢？"

"在爱的火开始燃烧的时候，即使怎样苦，也像蜜一样的甜。如能为你疯成真的狂人，我是怎样的幸福；只想为你死去呵！"

"维弟，我的小朋友，好像天使般地和我交际罢！不然，我会哭，不断地哭。"

"爱弟，我非爱你不可，非和你往来不可。你要尊重

没有你，
我将光芒尽失

我的无邪气，不要把我无邪气的可爱的灵魂杀死！不要认我的爱单单是男女间的恋情。晓得吗？"

"我奇妙地接受了你的接吻。但那和小孩从慈爱的母亲所接受的一样，不是男女恋情的接吻。男女风情的接吻是远躲在很远很远的秘密世界的。因为你现在微弱的爱远弹不起我的心弦。但我的爱你是深深的、强烈的。你好像从星的世界飞落来探寻我的心一样。我看到你那水晶样的光明，越觉得寂寞，觉得无边的寂寞。不，我不爱了，决不爱你了。等得一二年，尸骸都要腐朽。你不知道过热爱的日子，一天要比三天长哩。在爱的上面没有理性，我无我地想服从你的命令，就是苦也服从；但，不，不行，服从不情理的命令是可笑的。"

"尝过种种苦痛的我，是不怕什么命运的，等，等，

幸有你来，不悔初见

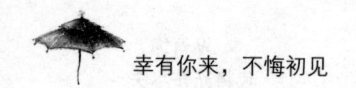

等几年几千万年的这种蠢念我不来。我生来是顽强，我要怎样就怎样，我还是任自己的心意行事罢。"

"当我被悲哀左右死生的时候，中国书只有一部《楚辞》，能慰慰楚楚凄凄的心；当我沉沉寂寥的时候，听人家渐渐的流泪声也能警醒亡灵。总之，我为你弄得不安了，不得不回你这一个信，维弟哟，假定我是人，我们有丝丝相结的精神，要交际就交际，何须求呢？"

"何况我本爱你，我久已是无邪气地爱你，我只愿你一件：愿你像 P. 和 T. 他们一般！随便交游，随便往还，爱的时候恨不得抱成一块，吵的时候也不妨闹得破天。不必定个什么目标，更不必作条死呆呆的界线。想会面可以常常相见，不高兴的时候永远不必再相见。望你不要想得太长，也不必想得太短。横竖人生仿佛浪花，全靠积一瞬间一瞬间的虚幻。"

> 没有你，
> 我将光芒尽失

他们的爱情 / 不是因为寂寞才想你，而是因为想你才寂寞

"你是我发现的最清新、最纯洁、不带俗气的男性。"

那一年，她31岁，在一次机缘巧合之下，爱上了渣男杨骚。从此，她用尽毕生的气力，遭尽各种坎坷，亦不后悔，只为这一个男人而活。

她比他的年纪要大，所以在信中，他称她素姐，她叫他维弟。那时，她受尽夫家的折磨，最终为爱出逃，落下一身的病，伤口还没有完全愈合。他因初恋情人凌琴如投入别人的怀抱，一度绝望至极，深深陷入失恋的泥淖。他们同是天涯沦落人，他们就这样闯进彼此的世界。

此后的20年，他们过上两点一线的生活。一个在等，一个在逃。他失落的时候，才会过来找她，像一个蜜蜂一样，

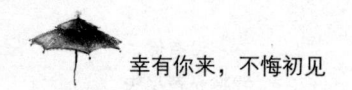

落在一束鲜花上。等到采完了蜜，又嗡嗡地飞走了。可她依然选择等，不分日夜，不分年岁。

爱慕白薇的男子不是没有，可她偏偏不愿将就。

她称自己是一个"三无"女子：生无家，爱无果，死无墓。

她的余生，果然应谶了这句话。最终，杨骚娶了别人，她苦等了一辈子。

她在一份吃力的爱情中耗尽了一生，却仍旧念念不忘。

功利地说句，她的文学成就，她身后的名声，没能配得上她所受的苦难。

（一）如果没有过去，我不会有伤心

杨骚在《自传》中写道："东京这一次大火灾——给我机会尝到初恋苦味，更因而认识另一位女性，纠缠不清，使自己以后十余年的生活在极无聊的苦恼中过去了。"这

> 没有你，
> 我将光芒尽失

位女性，正是他亏欠一辈子，而且终生难忘的民国才女白薇。

1924年夏季，在东京府下源兵卫的一家破板屋后楼，聚集了一群中国留学生。

可是，在这么多人中，只有两个人是格外引人注目的。她穿着一袭长裙，打扮得高贵典雅，双手背在身后，走起路来尽显舒雅大方。他身着笔直的西装，风度翩翩，谈笑间满是幽默和柔情。

他们就这样相识了。

从此，一起散步，一起看电影，一起谈人生，一起聊文学，也一起为爱情苦恼。

他们爱上了一对兄妹：他喜欢上妹妹凌琴如，曾在一刹那间得到，又在一瞬间陨亡；她暗恋着哥哥凌璧如，苦苦追求了数载，终究无果而终。

两个为情所伤的人，经常抱团互相安慰彼此。杨骚难

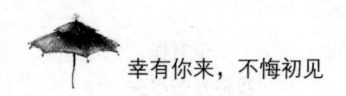

过时，白薇给他写信道——

"要做人，总得和种种悲惨痛苦的环境做战斗，世上没有理想的生活等着人们去享受。只有从艰苦中挣扎出来的生活，才是真实的人生。"

这一句劝慰，又何尝不是她一生的写照？白薇不会预料到，自己今后的人生，将会在孤独和折磨中度过，更不会预料到，面前这个同病相怜的男人，竟会是她一辈子的魔咒。

这世上，最可怕的感情不是一见钟情，而是日久生情。因为，一见钟情尚能克制住，因为没有建立一种长时间互相喜欢的关系，也就不会有太多的难受和折磨。日久生情，恰恰如一颗地雷，你不知道在什么时候埋下的祸根，可一旦爆发，将会是毁天灭地的灾难。

白薇爱上杨骚，正是在两人慢慢地相处中，无法自拔地陷了进去。他们因为所彼此追求的人而不得，就想着以

> 没有你，
> 我将光芒尽失

恋爱的方式，忘记上一段感情。于是，两人就这样结合了。白薇对他说："你是我发现的最清新、最纯洁、不带俗气的男性。"杨骚也积极回应："我要为了你更加努力，我一定要成为世界上最著名的音乐家、画家和文学家，要去法国、意大利留学深造。不过，得先去发财，发一笔大财。我要发几百万财来。不但自己要去欧洲各国留学，就是我喜欢的几个朋友，也都叫他们到欧洲留学，我帮助他们学费。学成回国后，就在西湖建筑一座艺术的魔宫。我住在里面，每月招待一两次我所接近的艺术家，一年半载召集一次全国的艺术家，在里面讨论、研究。里面辟一个全国艺术品的展览场，给爱好艺术的人去游览。我自己在魔宫的最高一层，或者把那层给我爱人住。"

只可惜，在他的许诺中，除了前一句是关于她的之外，剩下的所有，全都是他的追求和梦想。显然，杨骚并不爱白薇，这只是一张空头支票，没有任何的实用意义。事实

幸有你来，不悔初见

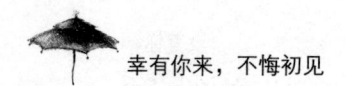

证明，靠迅速恋爱来治疗失恋，绝不是一个靠谱的方法。杨骚虽然一边与白薇热恋，一边却承认，自己并没有从失恋的涡流中走出来。而白薇却越陷越深，几近疯狂地爱着他。

男人和女人对待感情，有着两种截然不同的价值观。男人在遇到疯狂追求自己的女人时，如果初见不来电，久而久之，他会恐惧这种追逐，甚至以逃避的方式，一而再再而三地伤害她的心。女人恰恰相反，若是最初，她不喜欢一个男人，面上可能是清冷高傲。可是，男人若花尽心思去追求，再冰冷的女人，早晚也会有被感化的一天。所以，在爱情的世界里，男人享受征服的快感，女人则喜欢被呵护、被照顾。

当白薇越陷越深的时候，杨骚才意识到问题的严重性。他偷偷逃到杭州，给白薇留下一封戳人心窝的信："莫伤心、莫悲戚、莫爱你这个不可爱的弟弟……我永远记着你，

> 没有你，
> 我将光芒尽失

思慕你，但我不能在你面前说假话了。我永远记着 A 妹，永远爱着 A 妹。这次到了下关，搭船过门司的时候，在船中眼角偶然瞥见一位穿红衣服的人，我的心不知如何便跳动起来了，啊，红衣服哟！黑眼睛哟！A 妹哟！无论你如何伤着我的心，我还是爱你！"

这里的 A 妹，指的正是凌琴如。

他和她之间，一进一退，似乎成了彼此对待爱情的固有方式。

于白薇而言，她爱得太深，陷得太深，所以无法抽离，自然也就不顾及女子的形象，从天涯追到海角，哪怕是刀山火海，也敢闯上一遭。

（二）不刻骨，但却铭心

白薇远渡重洋，从日本追到杭州，只为当面向他问清楚缘由。可是,杨骚见到白薇时,居然莫名其妙地蹦出一句:"你怎么来了?"——是啊,好熟悉的台词。这不是几年前,一个叫胡兰成的男人,对千里迢迢前来寻夫的张爱玲说过的话吗?白薇却未曾在意,反而掷下一句:"你吓到了吗?我没有告诉你,其实就是要给你一个惊喜!"便如同小女生一样,喜极而泣地扑向他的怀里。

杨骚无可奈何地望着她,眼中除了惊诧,竟没有半分喜悦。他不知如何面对白薇,只得找几个理由搪塞她。每天不是去会见朋友,就是去市中心应聘,或是去参加诗社。她孤零零地待在旅馆中,每天最开心的事,就是等着他回来。如果被白薇逼得太紧,他就会哄她好好在旅馆待着,第二天带她游西湖。从那天起,他们之间开始了你追我逃的生活。杨骚再度丢下白薇,独自前往漳州老家。白薇却在贫病交加之下,依靠着卖文维生,辗转回到日本。

这是他们第一次的分别。不刻骨,但却铭心。

没有你，
我将光芒尽失

不过，她没有被现实击垮，反而激起越挫越勇的斗志。杨骚在家乡滞留几个月，没有找到好的工作，便前往新加坡谋职。她的信仿佛是跟踪器，不依不饶地追了过来，不绝如缕地述说着自己的相思之苦。时间长了，杨骚十分恼火，给她回了一封信——

我是爱你的呵！信我，我最最爱的女子就是你，你记着！但我要去经验过一百女人，然后疲惫残伤，憔悴得像一株从病室里搬出来的杨柳，永远倒在你怀中！你等着，三年后我一定来找你！

这样也行？

更出人意料的是，她居然同意了。毕竟，不同意又有什么法子呢？

一个人越是不幸，就越容易被厄运找上门。她从日本经香港回国，一路上磕磕绊绊，不甚太平。在香港时，她的东西被偷了，就只能靠抵押手表换取前往广州的盘缠。

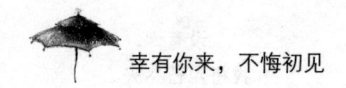

然而，刚到武汉，她的一部剧本又被人骗走。百般落魄之下，她害了一场大病。

如果没有杨骚，白薇的人生会不会是另一番景象？

或许是吧。

可是，这个世上没有如果。

1927年，他们再度相遇。杨骚见到她第一面，就抛出一句话："你好吗？"

在之后的日子里，他用惯有的伎俩，再次撩动她的芳心。白薇以为那就是爱情，心甘情愿地沦陷了。谁曾想到，过度的信任，换来的却是——杨骚把一身性病传染给她。

她的天空，又暗了下来。

她依旧谨小慎微地陪伴着他，哪怕明知他的话里，十句中有九句是谎言。可只要有一句出于真心，她也愿意冒险一试。在日久的相处中，杨骚终于同意与她结婚。他们照了结婚照，一起写请帖，订好了酒席。所有的一切，看

> 没有你，
> 我将光芒尽失

似平淡无奇地进行着。

然而，婚礼当天，杨骚却做了一个落跑新郎，不知所终。幸好，白薇不是周芷若，不会因爱生恨，上天入地地寻他；不会练就"九阴白骨爪"，只为费尽心机地将他杀死。她心中的爱，远比恨更难宽恕。

爱上一个人时，最不愿看到的，恐怕就是他和曾经爱过的人藕断丝连吧。1930年，凌琴如来到上海，杨骚每次前去探望，她总能嗅到一丝惶恐和不安。终于有一天，她再也按捺不住心中的怒火，亲自找上凌琴如的门，大肆发难。之后，她又以凌厉之笔，对杨骚进行疯狂的情书围攻。可是，这种方式不仅不会得到杨骚的宽谅，反而只会将这把火越烧越旺。她在情书中写道："爱弟，我非爱你不可，非和你往来不可。你要尊重我的无邪气，不要把我无邪气的可爱的灵魂杀死！"

她爱得卑微，爱得低贱，爱得几乎快要融进尘埃里。

而他，却将这种爱慕视为一种折磨，每每看到她出现在自己面前时，总会感到零零散散的彷徨和无奈。所以，他没有任何法子摆脱白薇的追求，只能选择逃，甚至逃得越快越干净越好。

后来，她生了大病，几近死去。杨骚陪着她去看病，可是还没有走到医院，他又一次消失了，如同人间蒸发。白薇四下张望，昏倒在大街上，庆幸被路人救起，才躲过了一劫。每个人的心都是肉做的，都能感受到疼。那一刻，白薇的心真的凉透了。她暗暗许誓，今生今世再也不要见他。他们又闹掰了。

静静地走，默默地看，无论风雨，无论坎坷。他既然走得干净，她也就没理由再留恋什么。他不懂得她的沉默，自然不晓得她的难过。他们虽然缘分未泯，但却早已形同陌路。

未来，是陌生人，还是朋友，于她而言，无关紧要。

没有你，
我将光芒尽失

（三）哀莫大于心死

杨骚不在了，她心灰意死，就以文字为友，过起极度穷困的日子。为了生计，她把自己与杨骚的情书合集《昨夜》卖给出版社，火焰般的爱恋，终究还是结束了。她在《序诗》中写道："辛克莱在他《屠场》里借马利亚的口说：'人到穷苦无法时，什么东西都会卖。'这话说明了我们的书信《昨夜》出卖的由来。""像忘记前世的人生将忘记这一切，割断了的爱情，虽用接木法也不能接，过去的一切如幻影，一切已消灭。""出卖情书，极端无聊心酸。和《屠场》里的强健勇敢奋斗的玛莉亚，为着穷困到极点去卖青春的无聊心酸！"

撇开爱情，她积极投入到抗战中去。1940年，她回到重庆，在郭沫若的领导下，加入文协工作。此时的杨骚在辗转多地后，也来到了重庆。或许是时间的积淀，或许是命运的巧合，又或许是她和他惺惺相惜的牵引，他们终于有机会再次碰面。可这一次，无论杨骚如何请求谅解，她都一一拒绝，而且拒绝得冰冷坚决。

不久后，她患了热病，发高烧、说胡话。他过来看她，趁着她发高烧糊涂之际，将她抬到自己的书斋中，无微不至地照顾了七天七夜。但是，白薇醒过来后，却义正词严地与他争执一番。毕竟，她再不会相信他了，任凭如何动听的花言巧语，也无法撩起她的心。他苦苦哀求："往日全不知道爱你，现在才开始真正知道爱你了。我既然变成了好人，你就再和我好起来算了，我绝不再变心，使你再痛苦。"有些话听一遍信之，两遍信之，可都过了那么多年，她信了那么多次，有哪一条他做到了？既然过去做不到，现在怕是也做不到吧？

她转身，推门而去。

> 没有你，
> 我将光芒尽失

哀莫大于心死，这次，心真的死了。

有些人，不是说说就能忘记的；有些情，不是剪断就不念想的。过了几年，她又后悔了。她给杨骚去信说道："你现在变成一个完全的好人，在这一转变下，从此，你栽在我心里的恨根，完全给拔掉了，你在我身上种下无限刺心的痛苦，已云消雾散了……"她还表示："至于男女事情，什么春风秋风，都不能吹动我一根眉毛。然而对于你，不管你跑到天涯海角，总不免心魂向往，时刻不能忘怀……"

她终究还是想他念他，过往中被捏碎的回忆，还是如潮汐般翻涌上来。只是，人一旦绝望至极，就不会再回头，历经往昔的风风雨雨。杨骚觉得与她今生无缘后，便于1944年6月与南洋侨生陈仁娘结婚，生儿育女，过起平平淡淡的夫妻生活。

他们的感情，至此烟消云散，不复曾经。白薇之后，再也没有恋爱，也没有结婚。

幸有你来，不悔初见

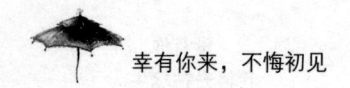

1957 年 1 月 15 日，杨骚因病医治无效，溘然长逝。这一年，白薇刚刚结束北大荒农场的调查研究工作。可是，她没有停下脚步，紧接着又去了新疆工作两年。我们无从知晓，她在获知杨骚离世的消息后，该是一种怎样的感受。但她若是知道了，一定会哭得心衰力竭吧？

她的后半生，没有嫁给任何人，正是在坚守着过往的那段情义。嘴上说得干干净净的忘记，又怎敌得过行动上的义无反顾？

她，终究还是太痴情。

尺素·遥寄

贫困、疾病以及失败的爱情，让白薇的情绪差到极致。见过晚年白薇的人曾说："而眼前的这位老人，头发稀疏

>没有你，
>我将光芒尽失

蓬乱，脸上褐色老年斑像织了网的蜘蛛，眼睛被上下眼皮挤成一条缝，身上一件蓝布大襟棉袄，棉袄底边上白色缝线的每个针脚都足有半寸多长……尤其当她扶着两根棍子站起来的时候，不由使我想起风雪中乞讨捐门槛的祥林嫂。"

晚年的白薇，住在北京和平里的一个居民区里，独间单元，房子里的摆设简约、陈旧而杂乱。没有老来的伴侣，没有子孙的眷顾，没有友朋的互通。她的生活，过得孤独而无味。1987年8月27日，她终于走完了坎坷悲情的一生。她死后，干干净净，没有遗产，没有子嗣，没有伴侣，没有亲人。她印证了多年前的自我判词：生无家，爱无果，死无墓。

她活了94岁，近乎一个世纪，却受尽一辈子的苦，身上没有一处是完好的。她此生只深爱过一个人，这一纠缠，就是20多年。此后的半个世纪，她依旧念念不忘，

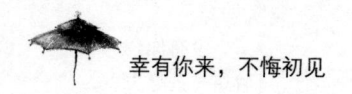

所以不嫁,不恋爱,不动情。她以默默的坚守,回应着杨骚的绝情。

只是,斯人已去,岁月长流。

人的一辈子,没有永生的恨,却有永生的爱。谁对谁错,早已没那么重要。至少,在曾经的一刹那间,她见到他时,真的是小鹿乱撞,动了心。有此,就够了。

毕竟,遇见便是彼此之幸。

爱是空白日记，
任你涂鸦着回忆

蒋光慈和宋若瑜

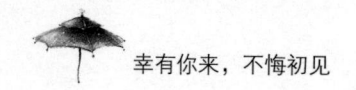

因为懂得,所以慈悲。所谓爱情,就是有那么一个人,他能很轻易地控制你的情绪。

前一刻,你会因为他的无理取闹而哭,下一刻你又因为他的幽默可爱而笑。这个世上,有很多人在一起,其实是你不懂我,我不懂你。这只能算作度日,而不能算作爱情。

当你真的喜欢上谁,千万不要急着在一起。他懂你,你也懂他,才是相爱的基础。所以,有些时候,千万不要被自己内心的奴性控制了,要你义无反顾服从的爱,只是一种私欲罢了。爱是体贴与呵护,是生命中最浪漫的光,享受它,拥抱它,倾尽余生,何尝不是幸福?

> 爱是空白日记，
> 任你涂鸦着回忆

浪漫情书

"读 8 月 10 日由开封寄来之快信，悲喜交集；吾妹为爱我故，而备受许多之谣言与痛苦，实令我深感不安！吾妹虽备受许多之谣言与痛苦，而仍不减对我之爱情，斯诚令我愉快已极，而感激无尽也。"

"北京会晤，畅叙数年相思之情怀，更固结精神之爱恋，诚为此生中之快事。孰知风波易起，谣言纷出，至吾妹感受无名之痛苦，扪心自问，我实负其咎，斯时我身在塞北，恨不能即生双翼至吾妹前，请吾妹恕有我之罪过，而我给吾妹以精神上之安慰。"

幸有你来，不悔初见

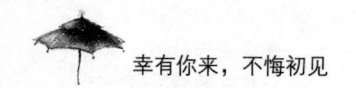

"唯我对吾妹有不能已于言者：社会黑暗，习俗害人，到处均是风波，无地不有荆棘，吾侪若无反抗之大胆及直挠不屈之精神，则将不能行动一步，只随流逐浪为被征服者可矣。数千年男女之习惯及观念，野蛮无理已极，言之令人可笑而可恨。中国人本非无爱情者，惟爱情多半为礼教所侵噬，致礼教为爱情之霸主。"

"噫！牺牲多矣！今者，吾侪既明爱情之真义，觑破礼教之无人性，则宜行所欲为，不必再顾忌一般之习俗。若一方顾忌习俗，一方又讲恋爱，则精神苦矣。"

"父母固爱子女者，然礼教之威权能使父母牺牲其自身子女而不顾，戕杀其子女而不惜；子女若欲作礼教之驯徒，则只有牺牲爱情之一途。"

"吾妹若真健者，请千万勿为一般无稽谣言及父母指

> 爱是空白日记，
> 　任你涂鸦着回忆

责所痛苦，置之不问可耳。我深不忍吾妹因我而受苦痛！"

"吾妹若爱我，则斩金截铁爱我可耳，遑问其他。若真因我而受苦痛，而不能脱去此苦痛，则请吾妹将我……"

"吾妹之受痛苦皆为我故，斯诚为我最伤心之事！我将何以安慰吾妹耶？近来每一想及我俩身事，辄唏嘘而不知所措。我本一漂泊诗人，久置家庭于不顾；然吾妹奈何？人生有何趣味？恋爱亦有人从中干涉，所谓个人自由，所谓人权云乎哉？噫！今之社会，今之人类！"

"吾妹！我永远不甘屈服于环境！我将永远为一反抗，为一赞诵革命之诗人！"

幸有你来，不悔初见

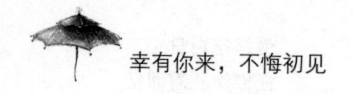

他们的爱情 / 等到风景看透，陪你看细水长流

因为一篇文章，她爱上了那个写文章的人。于是，几经思想斗争，她终于提起笔，给他写了第一封信。清秀的文字，真挚的感情，一下子打动蒋光慈。他立即给她回了信，言语恳切。他们都不曾想到，这一通信，竟然花尽了彼此6年的光阴。

至此，她的心，完完整整被他占据了。

他说想见见彼此的样子，希望能寄过来一张照片。她在犹豫之下，还是满足了他小小的心愿。从那之后，不论他去哪里工作，皮夹里都会装着那张照片，每当遇到困难险境的时候，都会拿出来看一番，而后小心翼翼地装进皮夹，生怕被世间的尘埃玷污。

> 爱是空白日记，
> 任你涂鸦着回忆

两人见面之后，琴瑟和弦，还没有熟稔，彼此就相互爱慕起来。可是，由于公务在身，他不得不立即离开。他们再度分别，期待着来日的相逢。

她家境不好，从小就染了肺病。两人婚后，本该享受甜蜜的爱恋。可是，她却偏偏拗不过生命，因肺病恶化，不得不到庐山休养。在庐山的那段时间里，他们过着一段神仙眷侣般的生活。清晨踏着朝阳出游，黄昏倚着夕阳而归。

他回上海了，继续他伟大的工作。而她，留在庐山静养，每天与山泉与清风为伴。每日，他都会收到妻子寄来的信笺，多是宽慰他的话，万望他不要惦记。

直到有一天，他从朋友那里得知消息，爱妻高烧不退，已住进医院。他才急如星火地赶过去，可是那时，爱妻永远停止了呼吸。

这段感情来得太慢，如果早一分，早一秒，他们也许

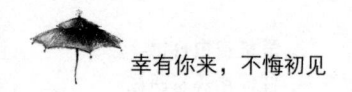

就能多相处一年两年，甚至四年五年。然而，他们却用6年的时间做铺垫，只换回一年的夫妻生活。这期间，他时常出差，回家少之又少，真正陪她的时间，不足一年。

她患有肺病，去世时年仅23岁。4年之后，他亦患肺病去世，年仅30岁。

天公不作美。他们之间，终究欠一个长相长伴的缘分。所以，在肺病的纠缠下，她23岁离世，他30岁离世。又或者，上天太可怜她，便早一步将他叫过去。他们在碧海蓝天处相逢，今生今世，来生来世，相拥在一起，不再分离。

（一）生死也寂寥，贪一个拥抱

1920年的初夏，河南开封，牡丹花开，满城天香。她坐在贫寒陋旧的宋家小院里，门前盛开着三五丛牡丹，外面围着土墙柳篱，受尽天地恩泽。17岁的宋若瑜，右手单

> 爱是空白日记，
> 任你涂鸦着回忆

撑着额头，左手翻阅书页，在窗前细细品读着《青年》。在一页又一页的文字中，她竟一眼锁定住他的名、他的文。

看到《谈李超传》时，她被气势磅礴的文字所吸引，如出鞘的剑，锋锐，亮着寒光，直刺人心。她读得热血澎湃，但却并不知道，蒋光慈是何许人也。不久后，又一期的《青年》出刊了，她仍旧在若干文章中，不看名姓，一眼就认出他的文风。他写的《我对于自杀的意见》，条理清晰，风轻云淡处，尽是满腔迸发的火焰。

她放下杂志，提起笔，放下，放下又提起，这期间有说不出的风月。

终于，她还是忍不住，提笔给他写了第一封信——

侠僧友：请原谅一个陌生女子的冒昧，文如其人、文如其心，你是一个志向高远而又脚踏实地的有为少年，如蒙不弃，请带上我一起同殉真理之路吧……

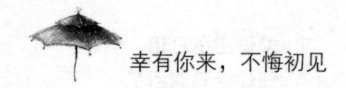

他接到信后，欢悦的双手撑开信，放在阳光下漫看。而后，他躲在树荫下，一遍又一遍读着，工整、清秀的墨迹，犹如一位温润纯良的少女站在眼前。他情不自禁地低声软语："若瑜，我的爱友……"

他很早就接受了新潮思想，意气风发，疾恶如仇。在上中学时，他因不满校长欺负贫苦子弟，狠狠揍了一顿校长，后被开除，转学芜湖五中。

他凭借着卓越的能力，晋升为学生会副主席。在没接到宋若瑜的信之前，他就是这样一位敢爱敢恨、激情而热烈的人。接到宋若瑜的信后，蒋光慈才体会到娟秀的文字，真挚的情感。这是他多年的斗争中所遗失的。

从此，他们开始了长达 6 年的通信交往，一段旷古之情也就此被拉开。接到她的信后，蒋光慈一直想见见这个未曾谋面的知己。终于有一天，他同青年学会的负责人曹靖华相遇了，在曹靖华那里，他认识了文字之外的宋若瑜。

> 爱是空白日记,
> 任你涂鸦着回忆

　　流光镀金,岁月悠长。他不曾想到,在情至深处,竟会莫名地开出希望之花,那么圣洁,那么纯情。他想立即飞到宋若瑜的身边,与她说起这么多年的相思之苦,可在几度思索之下,终究还是放弃了这个念头。因为,他已进入共产国际在上海办的"外国语学社"学习俄语,不久后便要去莫斯科东方共产主义劳动大学学习。

　　他无法许给宋若瑜一个期限,她却愿意隔着绵绵的相思情,一直痴等下去。

　　1924年,他留学归国,来到上海教书。刚刚踏入国疆的那一刻,他第一件想做的事情,就是前往各处打探宋若瑜的下落。在几经周折下,他终究得知了她的遭遇——她在女师积极参加学生运动,组织"女子同志会"。《女权》半月刊出版后,她被学校开除,不得已而转入南京东南大学教育系求学。由于家庭穷困,交不起学费,再加上生活艰辛,她不得不出去打工赚钱,养活自己,续交学费。日

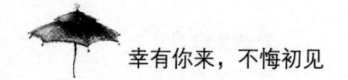

复一日，她累倒在病榻上，患了肺病。所以，她只读了两年书就迫于无奈而休学了。在朋友的帮助下，她来到信阳二中教书。

听完宋若瑜的遭遇后，蒋光慈心底一凉。他即刻写了一封信，寄到信阳。他们之间，又开始了密切的书信往来，感情也越来越浓郁。爱恋里，最先动情的人，最痴迷，最执着。他是她的护花使者，他亦是他们之间最先情窦初开的一个。

1925年寒假，宋若瑜回到开封，朋友徐培之跟她谈到婚姻，说起夫妻之间的种种恶迹，使她对婚姻产生极度的恐惧。她在给他的信中回应，自己有了独身的打算。蒋光慈急坏了，恨不得立刻飞到她的身边，予以开导和关怀。况且，纵然他们通信许久，可彼此长什么样子，竟是不知。前段日子，她原本答应寄给他一张照片。没过多久，她却又在信中说，照片被朋友拿走，没能寄成。

> 爱是空白日记，
> 任你涂鸦着回忆

他无奈，只能写长信，从恋爱和生理上进行宽慰。诚然，宋若瑜并非真的想独善其身，只不过是为朋友的不幸而悲伤罢了。2月16日，一个冷风砭骨的清晨，他在房中裁剪兰花，邮递员踏门而入，将一封信递给他。

他拆开信，在暖暖朝阳下，看到一张照片，照片上的姑娘，清秀端庄，楚楚大方，竟比自己想象中的还要完美。他舒然地笑了，再度将照片放回信封。蓦然，他定睛一瞧，在包照片的信纸上，居然印着一束兰花。她也喜欢兰花，还是，他知道自己亦是爱兰花？

那日，他笑得很灿烂，对着阳光，有着说不出的愉悦和风情。

大抵，爱情是会让人迷失方向的。他甘愿如此，做一个随风而跑的人，沐浴着她的光华，就此一辈子永生快乐。

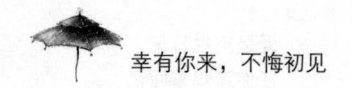

（二）春又至看红豆开，不见有情人采撷

有一种爱情叫望月相思，经历过异地恋的人，最能体会。

1925年4月中旬，李大钊派遣蒋光慈到冯玉祥部担任苏联的顾问翻译。自此，他经常在北京和张家口附近往来穿梭。忙碌的工作，令他疲倦不已。他唯一的快乐，就是带着宋若瑜的照片，穿梭在一座又一座陌生的城市里。但凡有空，他就会拿出照片来看看，幻想着两人见面时，该是一种怎样的情景。4月16日，他把自己的照片寄给宋若瑜，信中附着满满的相思之情。此后的日子，他每寄出一封信，都会在里面提及两人见面之事。

他太想她念她，一分一秒的等待，似乎都已熬成灰土。他工作中，唯一的乐趣就是想她念她，她，又何尝不是？

> 爱是空白日记，
> 任你涂鸦着回忆

她是恋爱了。恋爱中的女性，脸色越发红润，有时沉沉地发呆，有时会情不自禁地傻笑，没有原因，不分时候。她和他从来都未见过面，但思念，却一点也没有因为路迢迢、山漫漫而阻隔。相反，她时常期盼着：啊！侠哥，我们，我们什么时候才能得以相见啊！

这样的困局，终于在1925年的暑假被打破。

她决定先去开封，再到北京与蒋光慈见面。6年的相思，至此即将实现。他激动忐忑，心脏快要从胸口跳出来。7月18日，他接到宋若瑜来京的信，彻夜难眠。为此，他还与两个朋友大吵了一架。他想请假，他们不允。他说等不得了，一刻也不能缓。他们说，一旦他走了，所有的工作都得停止。

两天后，宋若瑜即将抵京，他在一阵徘徊后，毅然决然地跑了。

6年来，他的心里，曾有多少回梦里呼唤，有多少回

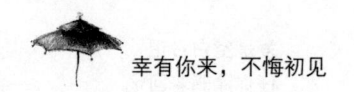

心中描画，又有多少回月下思念……

他的所有期待，到今日总算完美落幕。夏日的烈阳暴晒着大地，他站在京城火车站的月台上，四下张望着她的踪迹。

终于，火车越来越近了，近了。他踮起脚尖，循着人潮望去，在千万人之中，宋若瑜回眸而视。他们几乎是同时，认出了对方……

她觉得站台上的那张脸如此熟悉。是他吧？她在心里无数次追问自己。

不论站台上拥挤着多少人，他的眼中，只望着那个身穿玫瑰色旗袍、外罩乳白色对襟背心的女子。阳光下的她妩媚而圣洁，任凭世上有多么精巧的画手，也描摹不出她的一分美。

他手中拎着公文包，身穿一件西装，一路小跑冲她而来。她在坚定的眼神、毫无迟疑的步伐中，确信那就是

> 爱是空白日记，
> 任你涂鸦着回忆

他——蒋光慈。京城火车站人来人往，喧嚣嘈杂。他们不顾周遭人的猎奇目光，借着夺眶而出的泪痕，勇敢地抱在一起。

皇城根下的旅馆，质朴而浪漫。他们循着爱情的踪迹，一路逍遥，甜蜜到忧伤。然而，在一片温馨之中，她还是想起了蒋培之的婚姻，不禁悲从中来。他想给予她安慰，可自己公务在身，根本没有办法长留。于是，等了6年、盼了6年的相见相逢，在他转身的刹那，再度归于安静，怎会不叫人心生惋惜呢？

蒋光慈走后，她宿夜难寐，提笔写信给他："旅馆握别，怅然若失！……数日来迷糊若梦，不知所以！"他收到信后，提出尽快结婚的打算。宋若瑜的父母虽然并不反对二人，可在宋若瑜心中，结婚却成为一个难以越过的鸿沟。她终究恐惧结婚，终究活在朋友婚变的阴影中，终究是对他稍带些不信任。更何况，中间还发生了一个插曲——

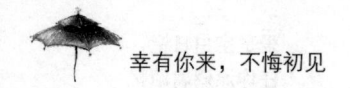

他订过婚。

原来，蒋光慈在读书期间，与一个当地权贵的女儿定亲了。他为了躲婚，许久未回家。蒋家无奈，就将已订婚的未婚妻王书英以女儿的身份嫁出去，蒋光慈则以哥哥的身份送了500元陪嫁，方才了事。在北京，宋若瑜的母亲与蒋光慈谈起这件事，两人聊得极不愉快，加上蒋光慈又有公务在身，所以匆匆的会面，还没能解释清楚缘由，便就此结束。

宋若瑜虽然人回到开封，可心中仍旧牵挂着远在张家口的他。更何况，街头巷尾，早已把他们的事情传开了，那些捕风捉影的谣言，让宋若瑜的父母义愤填膺。她虽然满不在意地一笑置之，可只要待在家中，她就会经受父母接二连三的指责，遭尽街坊邻里的笑话。

她坚信这段爱情会开出绝美的花，是惊艳，是不俗，是美好。

> 爱是空白日记，
> 任你涂鸦着回忆

　　强辩不得，她便选择逃避，遂再度回到信阳，不久又转到南京复学。此时的蒋光慈在上海教书，他们的距离，从原来的遥不可及，到如今的触手可及，竟然走过了漫漫的 6 年。

　　此后，只要有时间，他们就会在南京相见，爱情的美妙，如春花，似浪潮，他用一颗真心，交换着她的另一颗真心，并期许着彼此的未来，一定会光彩亮丽。

　　爱上一个人，是会相互影响。两种性格、两种爱好激烈碰撞，慢慢融化为一处，最终变成相同的兴趣、相同的追求。她不知何时喜欢上写诗的，大概从与他建立关系的那天起吧。

　　1925 年 11 月 16 日清晨，宋若瑜在《英文选》上看到一首《紫兰花下》的诗歌，读后被可爱女郎的死感动。她在旭光下提起笔，边朗读英文，边译出汉文。她将译文寄给蒋光慈，希望得到他的指教，并希望他能翻译后三节。

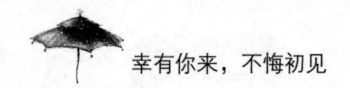

这本是情人之间的书信往来，无甚特别之处。可谁也不曾想到，一年后，这首诗竟成为她此生真实的写照。

命运的磨难，终究让两个人黏在一起。

她从南京回开封过年后，一病不起。他毫不犹豫地赶过去，陪着她治疗，极力劝她休学养病。此后，她听了他的劝慰，在上海的一家美术专科学校做旁听生，作画治病。两人住在卡德路（今石门二路）一座石库门房子里，渐渐过起普通的老百姓式的生活。

蒋光慈很怀念那段日子，他后来回忆道："在法国公园里，我和若瑜并肩坐在荷花池边，互相依偎着，向那欢欣、圆满而晶莹的明月望去，两人默然不语，如被幸福的酒浆所溶解似的，恍惚升入仙境。"

爱是陪伴，是坚守，是永恒……

她卧病在床，他不离不弃。他们之间，用相互间的温暖，维系着彼此的情感。

> 爱是空白日记，
> 任你涂鸦着回忆

（三）此情此爱，刻骨铭心

他们结婚了，婚后的生活，与夜月同眠，与白昼同醒。

可是，好景仅仅维持了一个月。一月之后，宋若瑜的肺病再度复发，甚至出现严重的休克昏厥。他吓坏了，急忙带着她到处求医。名医告诉他们："肺病到了第三期，上海没有办法，只有到庐山去疗养了。"夫妻二人，星夜兼程地赶往庐山，从这里开启了新的生活。

举世闻名的避暑天堂，果然名不虚传。他们重新筑起爱巢，夜来听风闻雨，昼来看山转水。她经常高烧不退，可来到这里以后，反而重燃了希望。

只不过，他终究还是要离开了，不然举家的生计，该何以维系？他放心不下在此养病的结发妻子，隔几天就会发出一封信，甚至有时是一天一封。她知道丈夫在外工作不易，明白自己若是不坚强，只会给他拖后腿。所以，她开始用写信的方式安慰丈夫——

8月22日，她说最近几天不发烧了，饭也能吃了。她打算十月份下山，找个空气清新又带厨房的房子，她希望回到上海后自己做饭，她还给他要了一张照片，说是聊以思念。

9月10日，她收到丈夫寄来的照片。她回信说，请放心，下个月就回上海。

9月15日，蒋光慈发来电报。她看完，用颤抖的手，歪歪曲曲地写了一行字：这些天好多了，不再高烧，等时局平稳后就回去。

有种谎言是善意的规劝，她骗了他。其实，那时的她已经病入膏肓，只是不愿给远在异地的丈夫平添担忧。她终究没能熬住，说好的坚强，说好的勇敢，依旧敌不过恶疾的纠缠。她持续发高烧，手再也提不动笔，精神越来越

> 爱是空白日记，
> 任你涂鸦着回忆

萎靡。

1925年11月6日黎明，在南京东南大学女生宿舍里，她悲伤地念着他给自己写的诗——

楼上的秋风起了，吹得大地苍凉；

满眼都是悲景呵，望云山而惆怅！

念着念着，她昏倒了，被人送进医院。

11月6日，得知消息的蒋光慈，披星戴月地赶到庐山牯岭医院三等病房。他未能见到爱妻最后一面，她带着满腔的遗憾，不甘地闭上眼睛。蒋光慈仿佛听到妻子的呢喃，如当初一样的声音，在病床久久回转——

她的手凉了，面孔白了，她的血脉已不流动了；

她的眼睛闭了，已经失去了生命：着了十分洁白的衣

幸有你来，不悔初见

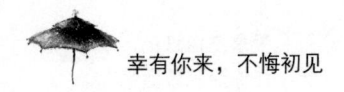

服，与雪一样……

这是她一年前翻译的《紫兰花下》，没想到居然会应谶成真。诚然，正如那首诗写的一样："没有墓碑表明她的来历，只有凋零的叶儿一片一片的，向着她的坟墓飘落。"

有句话叫：陪伴是最长情的告白。对于蒋光慈来说，这一生，他欠她关怀，欠她照料，欠她承诺，可欠得最多的，仍旧是两个字——陪伴。

尺素·遥寄

1927年11月6日黎明，宋若瑜去世后的一周年忌日。他向着遥远的庐山方向，凄切哀婉地泣道："魂兮归来，我的爱人，魂兮归来，我的若瑜！……"

> 爱是空白日记，
> 任你涂鸦着回忆

他们的爱情，美艳，凄冷，如昙花一样短暂，一夕间便枯萎凋零。可他，永生难忘爱妻的模样，每日每夜，都是伴着星星冷冷的风入眠。不知何时，泪湿枕褥。

后来，他把二人多年的书信往来整理出来，印成《纪念碑》一书，在序中写道："我曾幻想与若瑜永远地同居，永远地共同生活，永远地享受爱情的幸福。但是在这一生中，我统共只与她同居了一个月，短促的一个月！哎！这是她的不幸呢，还是我的不幸呢？我陷入无底的恨海中，我将永远填不平这个无底的恨海。在此填不平的恨海中，让这一小本书的集子作为永远不灭的纪念碑吧！"

回头看，不曾走远，依依目光，此生不换。刻骨铭心的爱，让他的思念，无法再回头。

宋若瑜二周年的忌日上，他写了一首血泪之作《牯岭遗恨》：

幸有你来，不悔初见

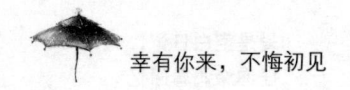

在云雾迷蒙的庐山高峰，

有一座静寂的孤坟，

那里永远地躺着我的她

——我的不幸的早死的爱人。

宋若瑜去世后，悲伤过度的蒋光慈，一直以为自己久治不愈的是胃病。让他始料未及的是，医生告知他，所患病为肺结核。原来，她在世时，他曾打过防痨针，没想到根本无法阻止爱妻身上的病菌流入。看来，他们真的爱得很深，连病菌都融为一起。

1931年8月31日，药石罔效的他，在历经一月有余的折磨后，终究未能抗住，缓缓闭上双眸，年仅30岁。病痛中，他恍恍惚惚地瞪大眼睛，眼含热泪地惊呼："若瑜，请在庐山等我……"

一生的爱恋，一世的索求。他要求的并不多，只要与

> 爱是空白日记，
> 任你涂鸦着回忆

她花前月下，平平淡淡，一辈子足矣。而她，曾拼尽全力给予他这样的生活。只是到头来，她没能熬过时间，他又何尝不是？

我忽然想起清代词人纳兰容若，他在爱妻亡故后，也是思念重重，最终病逝，时年 30 岁。纳兰给亡妻写的那一句"一生一代一双人，争教两处销魂"，用在宋若瑜和蒋光慈身上，真是再合适不过……

越是试图忘记你，
　　越是记得深刻

林觉民和陈意映

幸有你来，不悔初见

茫茫世界，想要遇到一个知己，确实很难。芸芸众生，想要觅得一份真爱，亦是不易。

可这尘世间，纵有千千万万种磨难，我还是遇到了你。

茶，喝到浓时，方知淡而无味；

酒，喝到醉时，方知灯火阑珊；

人，爱到痛时，才知此生不换。

我明白你会来，我懂，所以才一直等……

> 越是试图忘记你,
> 越是记得深刻

浪漫情书

"吾至爱汝,即此爱汝一念,使吾勇于就死也。吾自遇汝以来,常愿天下有情人都成眷属;然遍地腥云,满街狼犬,称心快意,几家能彀?司马青衫,吾不能学太上之忘情也。"

"吾之意盖谓以汝之弱,必不能禁失吾之悲,吾先死留苦与汝,吾心不忍,故宁请汝先死,吾担悲也。嗟夫!谁知吾卒先汝而死乎?吾真真不能忘汝也!"

"初婚三四个月,适冬之望日前后,窗外疏梅筛月影,依稀掩映;吾与(汝)并肩携手,低低切切,何事不语?

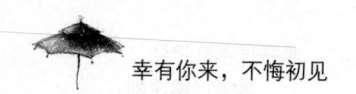

何情不诉？及今思之，空余泪痕。又回忆六七年前，吾之逃家复归也，汝泣告我：'望今后有远行，必以告妾，妾愿随君行。'吾亦既许汝矣。前十余日回家，即欲乘便以此行之事语汝，及与汝相对，又不能启口，且以汝之有身也，更恐不胜悲，故惟日日呼酒买醉。嗟夫！当时余心之悲，盖不能以寸管形容之。"

"吾今与汝无言矣。吾居九泉之下遥闻汝哭声，当哭相和也。吾平日不信有鬼，今则又望其真有。今是人又言心电感应有道，吾亦望其言是实，则吾之死，吾灵尚依依旁汝也，汝不必以无侣悲。"

"吾平生未尝以吾所志语汝，是吾不是处；然语之，又恐汝日日为吾担忧。吾牺牲百死而不辞，而使汝担忧，的的非吾所忍。吾爱汝至，所以为汝谋者唯恐未尽。"

> 越是试图忘记你,
> 　　越是记得深刻

"汝幸而偶我,又何不幸而生今日中国!吾幸而得汝,又何不幸而生今日之中国!卒不忍独善其身。嗟夫!巾短情长,所未尽者,尚有万千,汝可以模拟得之。吾今不能见汝矣!汝不能舍吾,其时时于梦中得我乎!一恸!辛未三月廿六夜四鼓,意洞手书。"

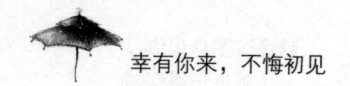

他们的爱情 / 不负天下，但负一人

2011年，上映了一部名叫《百年情书》的电影。那时我才知道，高中时期学过的《与妻书》，背后竟然有一段这样的故事。如果不是生活在乱世，他和她或许会平静地过一辈子吧。只是，这个世上没有如果，因为只有失去的人，才会谈及如果。

他和她不是自由恋爱，而是凭着一纸婚书，父母之命，媒妁之言，在花海月下定情，结为夫妇。婚前，他们没有爱情；婚后，他们又直接越过爱情的坎，升为亲情。林家在福州不算大户，但却是少有的书香门第。林觉民的祖父林彦起是名举人，家底尚为殷实。陈意映则出身名门，父亲陈元凯是光绪己丑科举人，与末代皇帝溥仪的老师陈宝

越是试图忘记你，
越是记得深刻

琛同宗。

陈意映三字，似乎像漫天的樱花，美丽之余，又添圣洁。她身上的优雅气质，没有辜负她的名字：乖巧、淑雅、能诗能文。

光绪三十一年（1905年），他们在亲朋好友的见证下成婚。

那年，他18岁，她17岁，正是最好的年纪。新婚后，两人住进福州闹市区的杨桥巷十七号。之后，他们又在双栖楼中，度过了浪漫温情的时光。

在大时代、大背景之下，有些爱情是融在小家大国情怀之中的。某天夜里，他趁着妻子熟睡，一面泪雨，一面写信。几十年后，有人替她质疑"我守着数不完的夜和载沉载浮的凌迟。谁给你选择的权利，让你就这样地离去"；也有人为他辩答"常愿天下情侣，不再有泪如你"。

他们终究变成伯劳纷飞的两个人。他为了革命和事业，

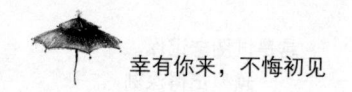

奉献出年轻的生命。她在家中苦苦痴守，把思念熬成永世的愁。自那而后，失去他，就如同失去生命。她曾想过三番四次的自杀，但在林觉民父母的宽慰下，为了两个孩子，她还是止住了。

在相思煎熬中，她一日苦过一日的悲伤，终究未能抵挡住化为蛊毒的哀思。加之，她的生活艰辛苦涩，一个人撑起一个家，何其困难？两年之后，她郁郁而终，徒留下两个年幼的孩子，一册诗稿，还有一段历经百年而不老的爱情。

（一）人生若只如初见

在那个年代，大多数进步青年，对于包办婚姻都持着反对的态度。但很少人如林觉民一样，于千千万人中遇到陈意映，只是一眼间的默然，便已认定，彼此就是余生要

越是试图忘记你，
越是记得深刻

守候的人。

与之相反的是，林觉民的父亲林孝颖，却是被包办婚姻苦害一生的人。林孝颖在考中秀才后，曾被家中逼迫与黄氏成婚。他倔强地与父母抗争，甚至成婚当夜连洞房都未进。自后，林孝颖整日徘徊于杯酒诗集之间，黄氏则是以泪洗面，孤孤无依。长久以来，他们虽然结为夫妻，但是却没有生育。林孝颖的哥哥、林觉民的生父怜恤黄氏的孤苦，就把自己的儿子林觉民过继给他们夫妇。

林觉民天资聪颖，13岁参加童生考试时，一笔掷下"少年不望万户侯"的豪言，洒脱地第一个走出考场。末代皇帝溥仪的老师陈宝琛对他刮目相看，特聘他为全闽大学堂的国文教师。他字号"抖飞"，有大鹏展翅、抖翅高飞之意。

到了男大当婚的年纪，父亲林孝颖有些犯愁，就为他觅得一段姻缘：女方是当地大户，陈元凯之女陈意映。于林孝颖而言，他的此举是忐忑的。因为早年自己经受过包

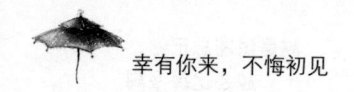

办婚姻的苦，所以他格外看重林觉民的意见。然而，出乎他意料的是，林觉民和陈意映成婚后，竟然出奇地和睦。

他们住在一座两层的小楼上，楼前种着芭蕉和梅花，因而取名为"双栖楼"。初婚那会儿，他们的生活，果真如这座楼的名字一般。每当月色如水的时候，二人携手看窗外疏梅筛月影，听鸟兽的私语，嗅百花的淡香。

他给她起了一个好听的名字——意映。他希望两个人能就此温存下去，远离喧嚣的尘世，过一段情切意深的日子，她又何尝不愿？

她出生在名门望族，自幼熟读诗书，写就一卷《红楼梦》人物诗。于散漫的时光里，他们执手相对，月华是慢的，昼光是慢的，就连两个人的交流，亦是轻轻慢慢的。他们之间的情话，只有两个人懂。他们之间的喁喁耳语，在张开的芭蕉叶下，或清欢，或浓烈。

他在家里创办诗社，她就鼓励女眷们尝读《红楼梦》。

> 越是试图忘记你，
> 越是记得深刻

他们想学《红楼梦》中的海棠诗社，一面是吟诗作对，一面又是大讲国际形势，发动女眷放弃缠脚，走向新的社会和生活。他们两人在一阵商议后，还资助一些女眷走出去，向着更高等的学府深造。

林觉民很庆幸今生能拥有这样一段婚姻。他感激父亲，让他娶到如此出类拔萃的女子。他每逢远行，都会依依不舍地向陈意映道别。在某个刻骨相思的夜里，他写下一篇温暖煽情的《原爱》："吾妻性癖，好尚与余绝同，天真烂漫女子也！"

这就是他想要的婚姻，她就是自己在千千万万人中寻觅，转眸一瞬，在灯火阑珊处邂逅的女子。实际上，看似平淡无奇的背后，却隐藏着一个巨大的秘密——他已投身革命。他从未对陈意映说过这件事，他怕妻子担心，他怕两人安定的生活就此被打破，他想一直欺瞒下去，就像她永远都不会知道一样。可日子久了，再深的秘密也有暴露

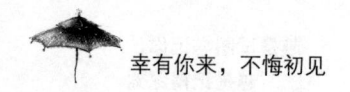

的那一天。

这就是他几年来最痛的伤。他写下最后一封信时,曾说道:"我平素不曾把我的壮志告诉你,这是我不对的地方;可是如果告诉你,又怕你天天为我提心吊胆。我为国牺牲一千次一万次在所不辞,可让你担心,的确不是我能忍受的。"

如果当时,他把自己的抱负倾诉给她听,那该有多好?

(二)爱之源头,情之归处

两人成婚一年后,他离家去日本留学。她便守在家中,做着闺怨的妻子、尽孝的儿媳、慈祥的母亲。双栖楼的芭蕉和梅花虽然依旧如初,可是楼上的人却再也寻不到当初的快乐。

她偶尔会想起他临走前说过的情话。他说,与其我先

> 越是试图忘记你，
> 越是记得深刻

死，不如你先死。因为你的身子弱，巨大的痛苦，定然不能承受。我不忍心你难过，所以，我甘愿承受这份悲。

这种独特的情话，现在很多的女生大抵都抵触吧？有的人会问，好好活着，为何非要提生生死死如此不吉利的事？其实，他也不想提，但又不得不提。因为他既投身革命，便会时时刻刻面临生死存亡的危局。

在留学期间，他也曾回过家。1911年的春天，他本不该回来。父亲林孝颖问他回来的原因，他却说学校正在放樱花假，他陪几个同学回国，到江浙一带游玩，大概在家待十天。

他能回来，她自然高兴。只是，高兴之余，她的心中又添了几分忐忑。林觉民在家总是步伐匆匆，不知道在想些什么。有时，他常常看着怀孕的她微微隆起的肚子，想要开口又止住了。她忽而想起六七年前，那时林觉民有一次离家出走，终于归来。她哭着扑向他的怀里，言语恳切

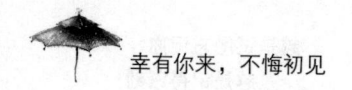

地说道:"望今后有远行,必以告妾,妾愿随君行。"

他抚摸着她的头,笑着应允。可现在,为何他心中有事,却不与自己说?或许,他不是不想说,而是不能说吧。他要参与一场惊天动地的大事,他已经做好了舍身为国的准备,他现在的生命早已无法掌控在自己手中。所以,这次回来,他是抱了必死决心的。

每当林觉民参加福建支部的同盟会会议时,陈意映都随他一道而去。毕竟,夫妻两人相伴相随,能很好地隐藏身份。有时,陈意映还担任着在外放风的任务。然而,他的工作地点多变,福州只是很小的一个革命地点,他去外地,陈意映不便同往。

她懂他,知道丈夫在做一件惊天动地的大事。所以,她愿意做他背后的女人,默默为他打点行囊,不做任何的阻拦和抱怨。后来,他从福州坐船去香港,成为数百名敢死队成员中的一个,随后在黄兴的指派下,他又折回福州,

> 越是试图忘记你，
> 越是记得深刻

开始招募更多的参与者。

在家，他住了十多天，几乎每天都是沉默、犹豫、有口难开的。他记得当初对妻子许下的诺言，可每当看到妻子怀孕的模样时，他唯有强忍着剧痛，伴着浓烈的酒宿醉一场。林觉民很清楚，这十多天，是他和妻子最后相处的日子，他应该好好珍惜。

陈意映虽然不知道事情原委，但看到丈夫很少在家中安坐，只有深夜才能陪她入眠时，她已然知晓，丈夫接下来的行动，该是怎样的困难艰险。然而，既然丈夫不言，她又何必问呢？其实，林觉民曾计划过，让陈意映与他一道完成此次任务。他和同伴在福州西禅寺秘密制造炸药，并利用西禅寺的钟声做掩护，将制造好的炸药装进棺材中，打算以出殡的方式掩人耳目，将弹药运到广州。他本想让她扮成孀妇，协助任务。可一眼望见身怀六甲的妻子连走路都很费事时，他终究还是没说，而是让另外一个同志的

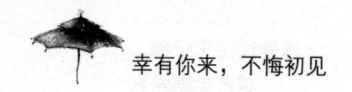

妹妹参与了整个计划。

1911年4月9日,他背上行囊,深情地望着妻子陈意映,竟有说不出的痛苦凄然萦绕心间。他在她的面前站了很久很久,脚下似乎生了根,挪不动一分。也是,最后一次相见,最后一眼对望,最后一句情话,他怎么能草率地了结呢?他爱她,终究胜过了爱自己。

4月23日,林觉民抵达广州。第二日,他又前往香港迎接两位同志。那一夜,桂影斑驳,月明星稀。他趁着大伙都在熟睡之际,点着煤油灯,在一块白色正方形手帕上写道:"意映卿卿如晤……"他写了整整一个通宵,眼前,半是模糊双眸的泪痕,半是在脑海中激荡无数的回忆。

他怕她不理解自己,所以写给她看的每一个字、每一句话,都饱含深情。诚然,她是都懂的。因为爱到深处,所以有些话没必要说明白,也一样有着心有灵犀的共鸣。一封《与妻书》,共用了61个"吾"字,用了53个"汝"

> 越是试图忘记你，
> 　　越是记得深刻

字。读罢，竟会让人在不经意间，被满纸的温柔和缠绵，深深地击中心怀。第二日清晨，他将这封饱含深情的书信交给一个朋友，并嘱托朋友道："如果我死了，就帮我把信带给她吧。"

他念她，在风云骤起的乱世中。因为不得已付诸生死，也就只能一生负她了。这世上最痛苦的诀别，莫过于死别。生离尚有团圆的可能，而死别只能阴阳相隔，空寄思念了。她还在家等他，像是当初一样，期待以后能相拥着看遍风景，再一起去看细水长流。谁不期待这样的爱情呢？可遥遥无期，最终还是给这段感情画上一个句号。

或许，这就是命吧。

（三）只愿天下情侣，不再有泪如你

最终，起义还是失败了。

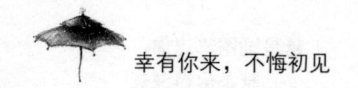

在惨烈的战斗中,他顽强抗击,腰部中弹多处。然而,起义者才一百余人,根本抗不住敌人的攻势,他终究被捕了。

阴森的牢狱中,他身负镣铐,枷锁在身,面对着两广总督和清军水师提督的刁难,他正气凛然,一身毫无畏惧之色:"死有何惧?我等莽撞书生奋起一击,偌大一个广州城,如入无人之境,唤醒亿万炎黄胄裔,两广必为之一振,天下必为之一振。从此,朝廷兵马不足道,天子王法不足惧,虽头断血流,暴尸街头,但华夏大地少了一千英杰,黄泉路上多了一群鬼雄。我等一死,死得其所!血洒神州,快哉快哉!"

诚然,这样的审问是毫无意义的。审判者张鸣岐和被捕者林觉民都知道,他们之间的较量,已在战场上发生过。而今,这次的审问,不过是走走过场而已。况且,他来之前,对于家人,对于爱妻,都已交代。他既然选择革命这条路,

> 越是试图忘记你，
> 越是记得深刻

即便是死，也要随着福州乡亲志士，一道慷慨激昂地就义。

他越说越激动，坚定的目光和动人心魄的演说，让在座的清军水师提督李准十足震惊。李准命人为其卸掉枷锁，摆上坐席，笔墨伺候。林觉民斗志昂扬地挥洒着毛笔，写到动情的地方时，镣铐不免发出哐哐啷啷的声响，令人震撼无比。

张鸣岐钦佩他的志气，不由得对身边的幕僚慨叹一句："惜哉！此人面貌如玉，肝肠如铁，心地如雪，真奇男子也。"所有人都以为，张鸣岐要放了他。谁知话音刚落，张鸣岐居然板起脸，掷下立即处死的命令："这种人留给革命党，岂不是如虎添翼？"

数日后，他被枪决，满腔的热血，激昂的斗志，终究被麻木的人世所遮蔽。生前，他面不改色，坚定如钢铁。死后，他与革命者一同被埋在广州黄花岗，史称"黄花岗七十二烈士"。满地黄花堆积，漫山层林尽染。熊熊燃烧

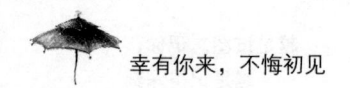

的革命之火，自后从中华大地上席卷而来，祭慰着那些用生命和鲜血救国图存的革命烈士。

他被杀时，岳父陈元凯正在广州供职。为免于清廷满门抄斩的祸事，他托人连夜去给女儿陈意映报信，让她火速带着一家老小逃命。她不敢相信，也不愿相信，那个令她终生难忘的丈夫，就这样撇下自己，提前一步离开人世。她还记得，林觉民曾经说过，即便是死，也要死在她的后面。因为林觉民知道，她的身体虚弱，受不得阴阳相隔的生死煎熬。所以，这份苦他愿意为她承受。

他终究成了骗子。没有履行诺言，也没有再回家。陈意映变卖掉祖屋后，拖着8个月孕期的身体，带着一家人避居在福州光禄坊的一条秃巷的双层小屋里。每日每夜，她都会梦见他。她梦见在细密的枪声下，林觉民浑身是伤地倒在血泊中；她梦见监牢中，林觉民受尽各种刑罚，却依旧热血豪气地仰天大笑；她梦见林觉民回了家，像当初

> 越是试图忘记你,
> 越是记得深刻

一样将她抱在怀里,此生此世,来生来世,他们再不会分离。她还是很坚定地以为,林觉民不会死,林觉民早晚会回来。

一夜醒来,陈意映听到敲门声,误以为是他回来了,于是连忙跑过去开门。可令她失望的是,门外没有人,只是门缝下有一个包裹。她打开包裹,里面是两封遗书:一封是写给父亲的《禀父书》,全文不过 34 个字;另外一封就是写给她的《与妻书》,洋洋洒洒近千言。

读罢书信,她顿感视线一片漆黑,昏倒在地。若不是家人及时赶来,她和孩子怕是早就命丧黄泉了。她想与他"谷则异室,死则同穴",绝不愿独自苟活于世。他何尝不了解她?所以,在《与妻书》的末尾,他多方暗示家人:"家中诸母皆通文,有不解处,望请其指教。当尽吾意为幸。"

此中话语,陈意映自然明白。起初,他教她读书识字,告诉她,"意映"二字与她的字"意洞"有相辉映之意。只是,有些爱情太过于无可奈何。明明双方倾尽所有,以为此生

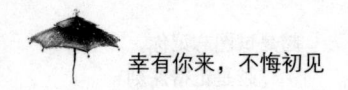

能够相互搀扶着走到尽头，可到最后，他还是违背了誓言，先她一步离开这个尘世。

一个人苟活于世，要有多么大的勇气？至少，那时的她是不曾有的。她几度伤心欲绝，醒来后便一心求死。林觉民的双亲察觉到她这一切，便双膝跪地，苦苦哀求她，即便不为自己，为了肚子里的孩子，也要勇敢地活下去。

她听了话，强打着身体，又熬过一个月。5月19日，陈意映早产，生下遗腹子林仲新。

5个月后，武昌起义打响，清政府在辛亥革命军大规模的包围下，土崩瓦解。九泉之下的林觉民，听到密集的枪声，似乎应该有一丝欣慰吧？

革命的胜利归功于大家。可是，丧夫之痛，却要让她一个人承受。她爱他，几近抽筋拔骨。她恨他，过早弃自己而去。她的心已经病入膏肓，从他去世的那天起，就被人世判了绝症。

> 越是试图忘记你，
> 越是记得深刻

陈意映又艰难地熬过两年，终因悲恸过度，忧悒而死。

彼时，她的心中似乎有种释然感。因为他们终于可以在天堂相见了，再不用经受生死诀别之苦，就这样在一起，生生世世，永不分离。

尺素·遥寄

1954年，香港电影公司根据陈意映和林觉民的故事，曾经拍过一部经典的电影《碧血黄花》。26年后，台湾又翻拍了这部影片，名字仍旧为《碧血黄花》，而主演就是大名鼎鼎的林青霞。很有意思的是，林青霞与第一部《碧血黄花》同岁，她参演翻拍版的时候，才26岁。

时光不老，英雄事迹不散。此后的一百年，每当人们读到《与妻书》，想到他们的故事，仍旧会被那份执着和

幸有你来，不悔初见

深情所打动。林觉民不是不爱自己，不爱家人，也不是决绝无情。相反的，正因为他太爱，所以才不得已做出那个舍家弃子的抉择。

百年以来，他们的故事，有人传唱，也有人演绎。童安格为林觉民写过歌曲《诀别》，齐豫唱过《觉》。胡歌在《辛亥革命》中演过林觉民，王柏杰则在《百年情书》中与蒋梦婕搭档，完整地再现了林觉民和陈意映凄美的爱情故事。

李建复曾为他们的爱情故事写过一首歌，每次听后，不觉间，总让人泪湿眼眶——

意映卿卿再一次呼唤你的名

今夜我的笔沾满你的情

然而我的肩却负担四万万个情

钟情如我又怎能抵住此情万万千千

> 越是试图忘记你，
> 越是记得深刻

意映卿卿再一次呼唤你的名

曾经我的眼充满你的泪

然而我的心已许下四万万个愿

率性如我又怎能抛下此愿青云贯天

梦里遥望低低切切

千百年后的三月

我也无悔我也无怨

——《意映卿卿》

在烽火狼烟之中，他们相识相爱。乱了方寸心，害了相思意。故而，刹那的永恒，一定会让百年后乃至千年后的人们深深铭记。他们的爱情，正如童安格那首《诀别》中写的歌词一样："方寸心，只愿天下情侣，不再有泪如你。"

爱与不爱,
老天已经成全

徐志摩和陆小曼

幸有你来，不悔初见

人世间纵有风情万种，徐志摩却情有独钟。

所以，他再苦，再累，再疼，也只是为了让陆小曼能钟爱自己罢了。

其实，婚姻和爱情是两种截然不同的生活状态。

婚前，她知性得体，深得诗人的爱慕，因为那是爱情，她才能掩饰种种劣迹。

婚后，她挥霍无度，败尽家中的财产，因为那是婚姻，她才会如此肆无忌惮。

浪漫多情的诗人，终究跌入婚姻的怪圈，为了生计，劳苦奔波，命丧黄泉。

世界那么大，人有千千万万，他们还是相知相遇相爱了。

只是，这到底是福是祸，大概只有经历的人，才有资格评说吧……

爱与不爱，
老天已经成全

浪漫情书

"眉眉，这怎好？我有你什么都不要了。文章、事业、荣耀，我都不要了。诗、美术、哲学，我都想丢了。有你我什么都有了。抱住你，就比抱住整个的宇宙，还有什么缺陷，还有什么想望的余地？你说这是有志气还是没志气？你我不知道，娘听了，一定骂。别告诉她，要不然她许不要这没出息的女婿了。"

"即使眉你有一天（恕我这不可能的设想）心换了样，停止了爱我，那时我的心就像莲蓬似的栽满了窟窿，我所有的热血都从这些窟窿里流走——"

"听着：你现在的选择，一边是苟且暧昧的图生，一

幸有你来，不悔初见

边是认真的生活；一边是肮脏的社会，一边是光荣的恋爱；一边是无可理喻的家庭，一边是海阔天空的世界与人生；一边是你的种种的习惯，寄妈舅母，各类的朋友，一边是我与你的爱。"

"但我不在时你依旧有你的生活，并不是怎样的过不去；我在你当然更高兴，但我所最要知道的是，眉呀，我是否你'完全的必要'，我是否能给你一些世上再没有第二人能给你的东西，是否在我的爱你的爱里你得到了你一生最圆满、最无遗憾的满足？"

"爱是人生最伟大的一件事实，如何少得一个完全；一定得整个换整个，整个化入整个，像糖化在水里，才是理想的事业，有了那一天，这一生也就有了交代了。"

"哦，眉！爱我；给我你全部的爱，让咱俩合二为一吧；

> 爱与不爱，
> 老天已经成全

"在我对你的爱里生活吧，让我的爱注入你的全身心，滋养你，爱抚你无可畏惧的玉体，紧抱你无可畏惧的心灵吧；让我的爱洒满你全身，把你全部吞掉，使我能在你对我的热爱里幸福而充满信心地休息！"

"我的眼望到极远的天边。我的心也飞去天的那一边。眉你不觉得吗，我每每凭栏远眺的时候，我的思绪总是紧绕在我爱的左右，有时想起你的病态可怜，就不禁心酸滴泪。每晚的星月是我的良伴。"

"龙呀：你不知道我怎样深刻地期望你勇猛地上进，怎样地相信你确有能力发展潜在的天赋，怎样地私下祷祝有一天叫这浅薄的恶俗的势利的'一般人'开着眼惊讶，闭着眼惭愧——等到那一天实现时，那不仅是你的胜利也是我的荣耀哩！聪明的小曼：千万争这口气才是！"

幸有你来，不悔初见

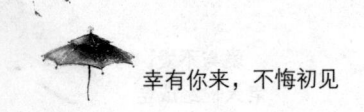

他们的爱情 / 乱世悲歌，月落花前

他们成婚时，遇到了层层阻碍。徐志摩最崇拜和敬爱的师父梁启超，在他和陆小曼的婚礼上，曾说出这样一段意味深长的话——

要以自私自利作为行事的准则，不要以荒唐和享乐作为人生追求的目的，不要再把婚姻当作是儿戏，以为高兴可以结婚，不高兴可以离婚，让父母汗颜，让朋友不齿，让社会看笑话！总之，我希望这是你们两个人这一辈子最后一次结婚！这就是我对你们的祝贺！——我说完了！

有些爱情生来就是卑微的。诚如他们，明明掏心掏肺

爱与不爱，
老天已经成全

地真心相爱，却从未得到过身边人的祝福。郁达夫曾说过："志摩热情如火，小曼温柔如绵，两人碰在一起，自然会烧成一团，哪里还顾得了伦教纲常，更无视于宗法家风。"

两人成婚时，双方家长对他们极度不理解，拒不参加婚礼。梁启超是在胡适等人的游说下，勉强来婚宴上当证婚人。从传统礼教来看，徐志摩休妻再娶是对婚姻的不忠，而夺朋友所爱又是对朋友的不义。世上有千千万万种错，可在真爱面前，他觉得那就是对的，又何必再管什么宗教礼法？

终于，他与她偶然的相逢，不早不晚，不多不少，刚好在眉目相对间，偷走双方的心。至此，徐志摩对陆小曼说："我之甘冒世之不韪，乃求良心之安顿，人格之独立。在茫茫人海中，访我灵魂之伴侣，得之我幸，不得我命，如此而已。"陆小曼热烈地回应他："真爱不是罪恶，在必要时未尝不可以付出生命的代价来争取，与烈士殉国、

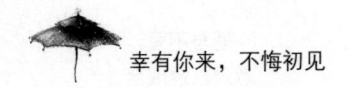

教徒殉道，同是一理。"

关于爱情，他们都渴求得到。可真正得到了，又不见得就能拥有幸福。生命向来是无常的，没有经受生离死别，就体会不到失去的无可奈何。

5年的婚姻，于徐志摩而言，充满了苦涩。他终日为生计劳苦奔波，从未停下来好好地休息。而她，却肆意挥霍着他辛辛苦苦赚来的钱，不是想着如何勤俭持家，而是计划着怎样得过且过。曾经，两人如熊熊烈火般浓郁的爱情，在狠狠地撞向现实之后，居然也会被岁月磨光棱角。

诗人终究是累了。1931年11月19日，一场空难突至，彻底为这段不幸的婚姻画上句号。徒留下，一个男人的不甘不舍，一个女人的忏悔哀悼。

在徐志摩的灵堂前，她哭得声嘶力竭，几近虚脱。之后，更是洗尽铅华，诚心悔过。纵然，诗人的死非她所杀，可于陆小曼而言，心里始终扎着一根刺，无论历经多少年，

爱与不爱，
老天已经成全

都会隐隐作痛。

徐志摩死后，她经受着千人的嘲讽、万人的唾骂，不曾为自己辩解一句。在后世人眼中，谈起陆小曼，脑海里飞过的是这样两个词：浮华奢靡、风流浪荡。故而，诸多文人和家乡父老，对她都是口诛笔伐。可真的要说起来，她此生又做错了哪一点？她不过是崇尚自由，蔑视假道学，追求想要的生活，故而显得与传统礼法格格不入。她没有忘记自己是谁的妻子，所以才写下那句刺心钻骨的话："万千别恨向谁言，一身愁病，渺渺离魂，人间应不久，遗文编就答君心。"

或许，她对人对事，只是有点后知后觉，一旦失去了，才懂得"珍惜"两个字有多重要。

有句诗这样写道："春花秋月情未了，冷暖由人心自明。人生起落寻常事，素衣纤手春秋笔。"她后来的岁月，在浪海滔滔的尘世中，孤苦忧悒地走完一辈子。她用后半

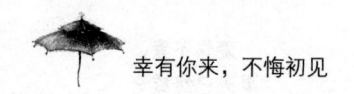

生的凄凄凉凉，换得前半生的浮华痛快。虽是一时安宁，又何尝不是一世的悔恨自责呢？

好在，爱向来是无罪的。

至少，他们曾经有过的爱情，全都被记载进《爱眉小札》。所以，一旦为后人说起时，但叫人说往昔某人最幸福。

（一）草香人远，一流清涧

在北平，有一个上海名媛，终日活跃在上流的聚会中。她生得落落大方，为人谦和随性，经受过良好的教育，而且还能诗善画，多才多艺。但凡见过她的人，都曾被那一抹惊艳的美所倾倒，故而深深失陷在她的世界里。

即便是他，也不例外——

1924 年春天，陆小曼时年 21。当时，徐志摩等新月派诗人在北平筹办了一个"新月俱乐部"，王赓与徐志摩

爱与不爱，老天已经成全

同为梁启超的弟子，故而那日带着娇妻陆小曼一同参加盛会。在千千万万人之中，他一眼就看到她婀娜的身姿。在华丽的灯光下，宛如新月的陆小曼，右手举着红酒杯，穿着一袭修身的旗袍，踏着一双优雅的高跟鞋，在蓦然转首间，恰与诗人多情的目光撞个正着。

他们就这样相识了。彼时，一个是自由之身，一个却是有夫之妇。大抵与世上所有的一见钟情无异，他们互相间深深吸引彼此的，起初仅局限于颜值和气质。徐志摩倾慕陆小曼优雅的谈吐、绝世的容颜，而陆小曼眼中的徐志摩，则同样也是超尘脱凡。

一如梁实秋说的："身材是颀长的，脸儿也是长长的，额角则高而广，皮肤白皙，鼻子颇大，嘴角稍阔，但搭配在一起，却是异常和谐。那双炯炯发光的大眼，却好像蒙着一层朦胧的轻雾，永远带着迷离恍惚的神态。"

因为浪漫，所以多情。因为多情，故而爱上。

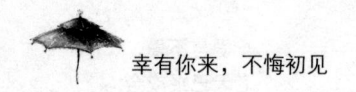

诗人的脑海里总是充盈着各种各样的奇思妙想，尤其在遇见她之后，更是一发不可收拾地为她迷惘。有些人的情感世界就像无底深渊，一旦不小心被卷进去，不是粉身碎骨，就是万劫不复。他不是不知，可有些事，根本不是理智所能控制的，譬如爱情……

多年后，王映霞曾在一篇文章中描写到过两人的相遇："一九二四年，陆小曼在交际场所，一次偶然的机会，遇到了徐志摩。他也是跳舞能手，爵士音乐一响，他们就欣然起舞，跳个不停。他们熟练的步伐，优美的姿态，使舞池里的其他男生显得'六宫粉黛无颜色'。他们两人，一个是窈窕淑女，情意绵绵，一个是江南才子，风度翩翩；一个是含露玫瑰，一个是首抒情的新诗，干柴碰上烈火，怎样会不迸发出爱情的火花？"

这场绝世舞会是他们相识的开端。他们互相住进彼此的心里，如同地上的连理枝，既然生在一起，这世上便再

爱与不爱，
老天已经成全

没有人能将他们分开。况且，爱上就是爱上，哪怕是刀山火海，只要她敢去，他就敢闯……

浪漫之后，舞会终究结束。原本，他以为此生缘分已尽，再见绝非易事，更何况独处。不料想，王赓竟为他们创造出一次极好的机会。自那天起，徐志摩经常到王家做客，每到周日，他还会邀请陆小曼夫妇前往西山看红叶，到"来今雨轩"喝茶，或是去舞厅跳舞。诗人无端地闯入，让一向爱好文艺的陆小曼顿生敬仰之情。有时候，她还会向诗人请教文学创作上的事。

徐志摩和王赓的关系不错，因而他与陆小曼之间，也只是止于欣赏，并没有越界。王赓工作繁忙，每当陆小曼叫上他出游时，他常常对陆小曼说"我没空，叫志摩陪你出去玩"。同样的话，他也对徐志摩说过："我没空，叫小曼陪你玩去。"

王赓老实本分，也难免有些愚钝。就这样，他生生把陆小曼推给了徐志摩，还能摒弃所有去工作，也是心大。久而久之，王赓与陆小曼之间的隔阂越来越深，他们的婚姻也充满了波折。为此，徐志摩经常想方设法地逗她开心，有时送些小礼物，有时写一首诗歌，有时还会带她去听戏。陆小曼呢，不仅没有拒绝，反而积极地回应他，或是亲手做一些美食，或是买一些衣服送给他。

诗人就是诗人，他以浪漫和自由逐渐暖化了她。自那之后，他们站在了同一战线，每当遇到不光明和不快乐的事情，就会拿起武器勇敢地抗争。一年之后，徐志摩再也按捺不住心中的愁苦，他夹着无比同情的心绪，写下这样一段话："小曼，这实在是太惨了，怎叫我爱你的不难受？假如你这番深沉的冤曲有人写成了小说故事，一定可使得千百个同情的读者滴泪，何况今天我处在这最尴尬最难堪的地位，怎禁得不咬牙切齿的恨、肝肠崩裂的痛心呢？真的太惨了，我的乖，你前世作的是什么孽，今生要你来受

爱与不爱，
老天已经成全

这样残酷的报应？无端折断一枝花，尚且是残忍的行为，何况这生生的糟蹋一个最美最纯洁最可爱的灵魂。"

然而，这毕竟是一段不伦之恋，他们走得越近，外面的风言风语就传得越盛。后来，徐志摩和陆小曼的八卦，竟然成为社交界茶余饭后的谈资。他们再也不能肆无忌惮地见面，便只能通过一些集会，排解数日不见的相思之愁。

徐志摩是一束冲天而破的烟花，有着照亮黑夜的浪漫。而陆小曼，便是夜空下最娇艳的牡丹，高贵典雅，映着烟火的美丽，别样动人。他以旷古才情，为她写下《花的快乐处》《春的投生》《一块晦色的路碑》《翡冷翠的一夜》等情诗。她被他迷得神魂颠倒，甚至曾几度幻想着，与徐志摩共度余生，该会是怎样的快乐呢？就这样，两人像磁铁般吸引在一起，难以自拔。

于是，他在千千万万人的声讨中，向世间宣誓："我之甘冒世之不韪，乃求良心之安顿，人格之独立。在茫茫

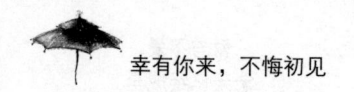

人海中，访我灵魂之伴侣，得之我幸，不得我命，如此而已。"

（二）我遇见你，是最美丽的意外

徐志摩曾说："我这一生的周折，大都寻得出感情的线索"。

没错。他一直在寻觅，一直在为爱情买单，却一直得不到所爱之人的回应。他和张幼仪、林徽因、陆小曼之间的感情纠葛，长期以来，都是人们津津乐道的谈资。

徐志摩这样告诉陆小曼："我现在不愿别的，只愿我伴着你一同吃苦。——你方才心头一阵阵的绞痛，我在旁边只是咬紧牙关闭着眼替你熬着。龙呀，让你血液里的讨命鬼来找着我吧，叫我眼看你这样生生地受罪，我什么意念都变了灰了！"

如今的诗人，早已沉浸在陆小曼的世界里，难以自拔。

> 爱与不爱，
> 老天已经成全

没有她的日子，他几近呼吸停滞，几近丧失对生活的渴求。他结过一次婚，却与不爱之人共度数年，她又何尝不是呢？他们都经历过"父母之命、媒妁之言"的摧残，因过早组建了家庭，所以在缘分将至的刹那，才深深体会到自由恋爱的来之不易。

陆小曼是一只孤鸟，被囚禁在暗黑的牢笼中。她花尽毕生的气力，只为逃出生天，觅得自己想要的生活。可是，当狠狠地撞到现实这块铜墙铁壁上时，她又不得不妥协于眼前的悲哀。

徐志摩的无端闯入，打开了她心间的一扇窗，让她看到破窗而入的第一缕阳光。在痛苦与挣扎的边缘，徐志摩鼓励她，为争自己的人格，当以勇气铸剑，斩断胆怯和彷徨。陆小曼清醒过来，深情地对他说："这样的生活一直到无意间认识了志摩，叫他那双放射神辉的眼睛照彻了我内心的肺腑，认明了我的隐痛，更用真挚的感情劝我不要再在

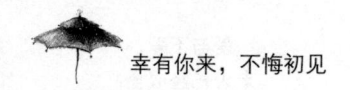

骗人欺己中偷活，不要自己毁灭前程，他那种倾心相向的真情，才使我的生活转换了方向，而同时也就跌入恋爱了。于是烦恼与痛苦，也跟着一起来。"

于千万人之中遇见你所遇见的人，于千万年之中，时间的无涯的荒野里，没有早一步，也没有晚一步，刚巧赶上了，这就是缘分。他们正巧赶上，又恰如其分地爱上。说到"缘分"二字，还真是这般奇妙。

人们常说，忘记一个人最好的方式，便是爱上另外一个人。

在与陆小曼恋爱之时，徐志摩过每一天，都相当痛苦、绝望和心灰意冷。他花了4年的光阴，从伦敦追到杭州，爱得近乎痴狂的女神林徽因，此刻要与梁思成前往美国留学，双宿双飞。林徽因这一走，几乎掏空他所有生的希望，并狠狠地将他打入十八层地狱。

男人在经受感情的煎熬时，特别希望遇见一个女人，

爱与不爱，
老天已经成全

能用温暖的手掌，安抚他受伤的心灵。陆小曼，就是他在寻寻觅觅之后，正巧碰到的那个女子。她集爱、美、自由于一身，她的美丽、活泼和富有灵性，让诗人欢喜和心动。

在徐志摩的眼中，陆小曼拥有一个最美、最纯洁、最可爱的灵魂。她不贪慕荣华富贵，追求的是真、爱、美，她最能做他的伴侣，给他安稳，给他快乐。于陆小曼而言，徐志摩又何尝不是真男人？他率真、正直，给予她关心和理解，懂得包容与体谅。他有宽阔的心胸、柔软的心房，任凭哪个女人遇上他，都会被那绅士的模样所深深吸引。

自此，徐志摩完全被陆小曼迷住了。他无不慨叹地说："任凭弱水三千，我只取她一瓢饮。"北京城里的千金小姐有千千万万，知识涵养高的，温柔大方的，家底殷实的，比比皆是。然而，所有的女子都敌不过她嫣然的笑、回眸的嗔。为了得到她，诗人说："我有时真想拉你一同死去。我真的不沾恋这形式的生命，我只求一个同伴。我如果往

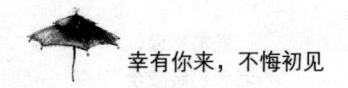

虎穴里走,你能不跟着来吗?"

真的深陷恋爱中的人是疯狂的,更何况是痴情而浪漫的大诗人。为了得到爱情,我们的大诗人变得天不怕地不怕,他勇敢果断地告诉陆小曼:"别说得罪人,到必要时天地都得捣烂他哪!"爱到不死不休,爱到荼蘼开尽,爱到天崩地裂,这一份执着、热烈和真诚,才是诗人徐志摩的标配。

纸终究包不住火。他们的秘密,还是被王赓发现了。王赓痛定思痛,决定将陆小曼交给她的父母看管。从此,她像是一只关在囚笼的麻雀,再也飞不到宽广的丛林里。她不能踏出家门一步,自那之后再也无法见到徐志摩。家人的施压和恐吓让她身心俱疲,在昏沉的屋子里,望着窗外凄冷的月色,她曾几度想过自杀,了却此生。可是,当收到徐志摩寄来的信笺时,她的心一下子又软了。

他用铿锵有力的声音,对陆小曼说:"来,让这伟大

爱与不爱，
老天已经成全

的灵魂的结合毁灭一切的阻碍，创造一切的价值，往前走吧，再也不必迟疑！"

他们爱得忘我，爱得难舍难分，爱得肝肠寸断。可这段感情，注定不会被世人祝福。

此时，徐志摩收到了远在南美发来的一封信。信是泰戈尔寄出的，他近来身体欠恙，在病危中，相遇能见徐志摩一面。在胡适的规劝下，他决定前往意大利，一来看看老朋友，二来也想着退一步，或许能换来彼此的解脱。

临走前，他费尽心机与陆小曼见了一面。陆小曼见到他，第一句话就是："我虽然舍不得你走，在你不在的日子里，我或许会被他们逼疯。但是，我不会妨碍您的前途，这次出游，你能和大诗人一起促膝长谈，将来说不定对你的才艺有很大帮助。况且，你在他们会防备得更严，倒不如咱们先分开一段时间，让时间做考验，看看能不能忘掉对方？"

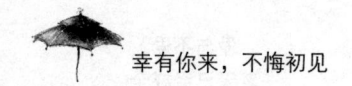

诗人揣着一纸文书以及陆小曼的尺素,归心似箭地回到北平。他们再度会面,竟然会比离开时更加亲切。那时,两人暗暗发誓,即便拼了身家性命,也一定要与对方在一起。于是,她毅然决然地同父母抗争,坚持要与王赓结束3年的婚姻生活。离婚前夕,她得知自己怀孕了。为了能与诗人长相厮守,咬牙之下,她去了一家私人诊所,忍痛将孩子拿掉。然而,这次手术失败了。她此生落下病根,身子日渐虚弱,为日后的抽食鸦片度日埋下祸端。

在那个新旧文化激烈碰撞的年代,像他们这样过早接受西方先进文化的人太少了。故而,当时没有人能理解他们,对于这段曲折的爱情,很多人都是戴着有色眼镜,以批判的口吻谩骂和嘲讽。可再多的风言风语,仍旧阻挡不住两颗火热的心。

情之浓烈,爱之归处。

顶着千人唾弃、万人讥讽的压力,他们终究还是走到一起。他们相互许誓：谷则异室，死则同穴。为坚持这份爱，他们宁肯与日月斗，与天地斗，与万人斗。

这份难能可贵的爱，当真令人动容……

（三）遇见你，我开始爱情的赌局

凌叔华对陆小曼说："男女的爱一旦成熟结为夫妇，就会慢慢地变成怨偶的，夫妻间没有真爱可言，倒是朋友的爱较能长久。"

凌叔华的话不无道理，男女之间一旦定了夫妻关系，双方间便像是签了契约。爱情存在时是情侣，爱情消亡，抑或转化成亲情后，当对方还要索求爱的时候，就变成怨偶。

陆小曼是第一个敢于离婚，并敢于自由地追逐爱情的名媛。自那以后，名媛的离婚人数频繁增加，信仰自由恋

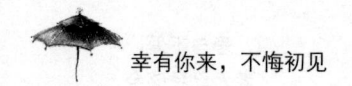

爱的人也越来越多。她，几乎是开辟了一个时代。

1926年8月14日，农历七夕节当天。一场订婚仪式在北海公园举行，诗人徐志摩在众目睽睽之下，给她的左手中指戴上一枚戒指。两个月后，10月3日，他们终于如愿以偿地举办了婚礼。在结婚仪式上，胡适请来梁启超做证婚人，梁启超义正词严地对他们二人说道："我看他（徐志摩）找得这样一个人做伴侣，怕他将来痛苦更无限，所以对于那个人（陆小曼），当头给了一棒，免得将来把志摩弄死。"

梁公的话似乎一语成谶，竟将两人未来的感情发展脉络，分析得那么清晰明了。陆小曼不是一个甘于平庸的女子，她有满腹的才华，生得漂亮，又出身优渥。这些，注定了她不会变成一个只顾柴米油盐的家庭主妇。不过，无碍。于徐志摩而言，他喜欢的陆小曼，拥有一双干净的眸子，只要他们相互间能扶持下去，就一定能找到彼

爱与不爱，
老天已经成全

此共同的爱好。

然而，这只是徐志摩自己的揣测。婚后的陆小曼，并没有朝着他向往的方向发展。恰恰相反的是，陆小曼过度追求自由和自我，已经超出徐志摩可以承受的范围。她依旧流连于各种社交会所，依旧身穿亮丽的衣服，跟着朋友们不停地聚会、看戏、到舞厅共进舞步。

婚姻终究让人感到了遗憾。恋爱是糖，吃来甜，过则腻；婚姻是水，渴者向往，不渴者寡淡。婚后的陆小曼，渐渐丧失自己的诉求。于是，她开始变得奢靡无度，每日每夜重复着单调又平淡无味的生活。徐志摩看在眼中，闷在心里。

终于有一天，他再也按捺不住，写信对她说道："我们这对夫妻，说来也真是特别。一方面说，你我彼此相互的受苦与牺牲，不能说是不大。很少夫妇有我们这样的脚跟。但另一方面说，既然如此相爱，何以又一再舍得相离？"

他的要求并不高，只是想黄昏的时候，牵着陆小曼的

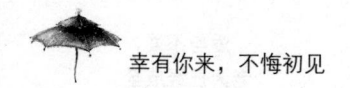

手，走在夕阳西下的林间小道上并肩散步；只是想偶尔去餐厅吃一顿便饭，彼此聊聊各自生活中的趣事；只是想看一场电影，听到她的笑声，他也跟着快乐。然而，这几年下来，徐志摩竟然守不到一个这样的机会。现在，他已经变得麻木了，不敢奢求今生能过上普通的、老百姓的夫妻生活。

关于婚姻，他们都变得心灰意冷，不再如当初一样，怀着一颗炙热的心，说些温暖彼此的情话。

相反，两人间的埋怨越来越深，几乎到了白热化的地步。陆小曼严厉斥责徐志摩过度干预自己的私生活。他则果敢地提出，不许她打桥牌，不许她出入舞厅，不许她抽食鸦片，甚至还一再强调，让她改掉所有不应该的恶习。陆小曼当即表示，她过不了这种任人摆布的生活，她是活生生的人，不是一件毫无灵魂的木偶。他们在彼此的互不待见中，慢慢累积着怨恨，可谁都没有用力捅破这层窗户纸。

爱与不爱，
老天已经成全

　　生活仍旧要继续，举家的生计还需要维系。诗人，不得已而忙碌奔波着。陆小曼呢，仍旧醉心于烟酒。爱情于他们而言，早已不再像当初那样甜蜜，取而代之的，却是整日的负累和无休止的埋怨。两人义无反顾的敌对，只会让矛盾变得不可调和。更何况，此时翁瑞午的出现，又无形间在两人中插了一脚。此时，诗人的心彻彻底底被伤透了，几近无能为力，声嘶力竭。

　　爱情和婚姻从来都不是对等的。

　　诚如他们：恋爱时，经受过太多的批判和约束，本以为在历经波折后，就能拥有幸福。可是，婚后的生活，远远不及早先的预想。他们之间，没有耳鬓厮磨，没有花前月下，也没有举案齐眉。他们只有两种不同的价值观在激烈碰撞，而后把彼此伤得体无完肤。

　　诗人为了养活整个家，只得来回奔波于各个城市，赚些零星的钱贴补家用。可这些是远远不够的，陆小曼的花

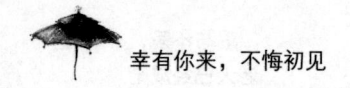

销，已经掏空了他所赚的一切。

1931年11月上旬，陆小曼难以维持在上海的排场，便发电报，催促徐志摩尽早南返。徐志摩当日乘坐张学良的专机回到上海。谁知，两人刚见面就针尖对麦芒，大吵了一架。郁达夫后来回忆道："当时陆小曼听不进劝，大发脾气，随手把烟枪往徐志摩脸上掷去，徐志摩连忙躲开，幸未击中，金丝眼镜掉在地上，玻璃碎了。"

1931年11月18日，徐志摩收到林徽因的邀请，前往北京协和小礼堂，听一场她向外宾作的关于中国古代建筑的演讲。由于诗人刚刚与陆小曼争吵一番，加之对林徽因旧情难忘，19日，他便迫不及待地搭乘一架邮政机飞往北京。

谁曾想到，当日中午徐州偶起大雾，飞机居然还未抵达北京，就在济南撞山坠落。这天，远在上海的陆小曼家中，悬挂在客堂中的一个镶着徐志摩照片的镜框突然掉下来，

> 爱与不爱，
> 老天已经成全

相架跌坏，晶莹的玻璃碎片散落在徐志摩的相片上。

第二日一早，陆小曼接到诗人殒亡的消息。确定后，她不禁号啕大哭，伏在床上久久不能平息。陆小曼的悲痛欲绝，竟连大文豪郁达夫都不知如何用文字描述。他说："悲哀的最大表示，是自然的目瞪口呆、僵若木鸡的那一种样子，这我在陆小曼夫人当初接到徐志摩凶耗的时候曾经亲眼见到过。其次是抚棺一哭，这我在万国殡仪馆中，当日来吊的许多徐志摩的亲友之间曾经看到过。"

感情久了，就不是爱了，而是一种依赖。所以，失去时，那并非是痛，而是一种钻心透骨的不舍。陆小曼永远失去徐志摩后，才明白当初所做的事情，该是怎样的不可饶恕。

然而，这一切都已随风而散，不可挽回。他终究还是走了，带着满腔的悲凉，永远地离开尘世。或许，爱情就应是这个样子：本该甘于平淡，却又不平淡；本该甘于平凡，却一点也不平凡。大概，维系爱情的法门，说过来，言过去，

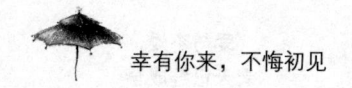

终究只有两个字——珍惜。

千万别等到,双方已经剑拔弩张之后,才想着如何去化解矛盾。

因为那时,为时晚矣。

尺素·遥寄

徐志摩去世以后,陆小曼陷入无限的绝望当中。

那时,她守寡的年纪才 29 岁,还很年轻。王映霞曾回忆:"小曼是爱志摩的,始终爱志摩。他飞升以来,小曼素服裹身,我从未见她穿过一袭红色的旗袍,而且闭门不出,谢绝一切比较阔气的宾客,也没有再到舞厅去跳过一次舞……"

是啊,徐志摩生前,极不喜欢她穿着浓艳的衣服,到

> 爱与不爱，
> 老天已经成全

舞厅里没休没止地跳舞。当时，她极其厌恶徐志摩的管束，甚至他越反对的事情，她就义无反顾地抗争到底。而今的她，像是华丽蜕变的金蝉，收敛起当初的蛮横和任性。

她的卧室里挂着一个大幅的徐志摩遗像，每隔一段时间，她总会买一束鲜花，摆在遗像跟前。她时常念叨："艳美的鲜花是志摩的，他是永远不会凋谢的，所以我不让鲜花有枯萎的一天。"在照片下的木桌子上，有一块玻璃板压着一张纸。这张纸是陆小曼用正楷抄写的白居易的诗："天长地久有时尽，此恨绵绵无绝期。"字字句句，品读起来，不知怎的，只要一联想到她和徐志摩的故事，人们总会感到心间一阵刺疼。旁观人尚且如此，她又该是怎样的煎熬呢？

后来，陆小曼曾给胡适写过一封信："我受此一击，脑子都有些麻木了，有时心痛起来眼前直是发黑。一生为人，到今天才知道人的心竟是真的会痛如刀绞，苍天凭空

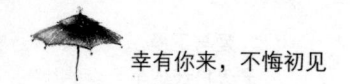

抢去了我唯一可爱的摩，想起他待我的柔情蜜意，叫我真不能一日独活。"

诗人的离世，几近掏空陆小曼的身体。她一方面，要承受世间所有人的谩骂，另一方面，又要强忍着对丈夫的深深哀悼。自此，她不再出入任何社交场所，而是素服在身，闭门不出。她多才多艺，晚年依靠绘画创作聊以慰藉。

那些风花雪月的过往，早已成为清风一缕、白云一朵，在诗人离世后，茫不可见。于千千万万人中相逢，爱与被爱本就是一种幸运。于陆小曼而言，这一辈子太短了，而她悔悟得又为时已晚。所以，今生欠徐志摩的，她只得用余生来偿还。她先后整理出版了多部徐志摩的著作，更是写下那句动人的情话——遗文编就答君心。

生命如云，聚散有时。

他和她的故事虽然已经落幕，但他们之间的深情，却爱到荼蘼，不死不休。

我不远千里而来,
只为执你之手到白头

梁实秋和韩菁清

幸有你来，不悔初见

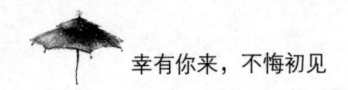

　　我们的一生，似乎都在追寻一些东西。

　　然而，得到了什么，又遗忘了什么，却无从想起。

　　在这一条漫途中，最美的是邂逅，最苦的是等待，最幸福的是真心相爱。

　　而最后悔的，大概就是阴阳相隔，生不可见吧。

　　这辈子，既然彼此不能生死同行，只有让回忆在奈何桥下，静静地守望幸福，迎接明天了。

> 我不远千里而来，
> 只为执你之手到白头

浪漫情书

"我越来越觉得只有你一个人是我的知音！任何其他的地方不能给我温暖。"

"我的爱，我是恢复了不少的青春，这都是你的力量。新衣、新领带只是装饰了我的外表，强烈的爱（你所谓'迟来的爱'）燃起了我心底的火，而且这圣火一经点燃是永不永不熄灭的。"

"我的菁清，信刚写好准备付邮，接到你的第一封信，一月十日夜十一时付邮的信，我狂喜，我今夜一定可以睡一个甜蜜的大觉。菁清，我的爱，我把你的信放在嘴上吻了又吻,看见你的字,你说的话,你表达的情意,我好快乐!亲亲,我的爱人,你不仅是我的 better half(另一半),你是我的整个的灵魂。"

"我的菁清,这屋里好静,到处都是你的照片,你以前的照片,我看了好喜欢,好爱,好心酸,好惆怅,好遗憾,好痛苦!你今天穿上了我们昨天买的披风,知道我心里有多么喜悦?质料并不佳,但是穿在你的身上,美极了!"

"昨夜我果然睡得很好,约六七个小时,这是受你所赐,你的一封信和一张卡片驱走了我的不少的烦虑,使我安然地入眠,不知道我写给你的信是否也有同样的功用。爱,你写的信实在是很好,比我写得好,你的信不但真挚,而且有才气闪烁于字里行间,你的字我也喜欢,潇洒妩媚兼而有之。这不是盲目的称赞,是我真实的感受。"

> 我不远千里而来，
> 只为执你之手到白头

"菁清，我这里好冷，雪后连下了三天的雨，雪已不见踪影，到处湿漉漉的，天上是阴沉沉的，这样的天气要继续很久。可是我心里是温暖的，因为你占据着我的心。"

"我们俩在接受考验，爱，我们不怕。我唯一怕的是，你一个人在台北，我怕你受不了，我请你千千万万为了我，不要气坏了身子。你要听我的话，你要稳住了气，别冲动，你要信任我，别胡思乱想。记者的访问，一概拒绝，别发表谈话。"

"亲亲，我想你，怎么办？眼尚未睁开，第一桩事就是想你。你领我到一个新的幸福的境界里去。谁说情人一天只能写一封信？其实天下的事哪有比恋爱更急的事！"

"突然就想起了你，我们老了之后还能听到你说爱我我就知足了。如果我有一天先走了请在心里告诉我你爱我，

幸有你来，不悔初见

我会听到的。于是我会笑着离开我会在奈何桥下等你，如果你有一天先走了，我会把这一生的故事焚在你坟前。既然我不能陪你同行，就让回忆陪了你在奈何桥下等我。如果有下辈子，我想和你青梅竹马地长大。"

> 我不远千里而来，
> 只为执你之手到白头

他们的爱情 / 爱如流星，春夏如一

那年，梁实秋71岁，韩菁清43岁。纵然两人都不小了，但相比梁实秋的古稀之年，韩菁清还算年轻。在世人眼中，这明显就是一段忘年之恋。28岁的差距，终究是一道难以逾越的鸿沟。然而，很多时候，当爱情撞上一见钟情，再多的困难也便不再是困难。

自那匆匆一别后，梁实秋每日都会到韩菁清的家中做客。她的厨艺很好，只要他来，她就会做一桌子鸡翅膀、鸭肫肝等美食。他一边吃，一边赞赏她："这是今生吃过的，最美的食物"。

两人的爱好大抵相同。韩菁清虽然是台湾当红的歌星，但她不像其他明星，过多专注于颜值，而忽略内在的修养。

她喜好读一些有哲学味道的书，甚至以多种身份，自编、自导、自演、自唱、自制影视作品。她开阔的视野令梁实秋钦佩，他内敛成熟的谈吐，也令韩菁清着迷。

他们在日复一日的交流中，彼此暗暗定情。

因为亡妻的诉讼官司，他不得不回美国料理。两人刚相识不久，即将面临分别，总是有太多的不舍。儒雅的梁实秋，提起笔，远隔千里万里，给她写下一封封动人心扉的情书。那时，他们每天最期待的事情，就是收到对方寄来的书信。

名人的私生活，向来是媒体记者们的最爱。在得知二人的绯闻后，媒体非但没有送来祝福，反而齐刷刷对二人展开猛烈的抨击。他们活在重重的压力之下，连彼此见上一面都是奢侈。渐渐地，反对声一浪高过一浪，不论是梁实秋的书粉，还是韩菁清的粉丝，竟互相间掐起架来。

爱情里没有谁对谁错，一旦对了眼、钟了情，年龄、

> 我不远千里而来，
> 只为执你之手到白头

身份、地位都将不成问题。况且，相爱相恋是两人的事，其他人即便怎样议论纷纷，也都作用不到他们的身上。面对媒体的恶意刁难，梁实秋没有退缩，反而顶着巨大的压力，给韩菁清写下一封信："大主意当然是我自己拿，我早已拿定，谁也不能影响我。爱，我们'有饭吃'，我们可以'关上门过日子'。有时候还偏不关上门，偏要走出去给大家看看。"

有了他的坚持，韩菁清不再犹豫。她伸出手，挽着他的手臂，在亲朋好友的祝福下，低调而秘密地结了婚。婚后的生活，一如他们的预料，简单而快乐。他们很少与外界联系，几乎是关起门来过日子。他习惯性地叫她"清清"，声音温柔而内敛。她则略带宠溺地唤他"秋秋"，从不避讳身边的人怎样看、怎样议论。

13年的风风雨雨，他们相互宠爱着对方，幸福地走过，耗尽彼此的余生。

幸有你来，不悔初见

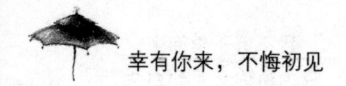

（一）我今生最美丽的遇见，寻得你

半年前，梁实秋的夫人程季淑意外辞世，他在极度悲怆之下，写了《槐园梦忆》一书，交于台北远东图书出版公司出版。

大概，这就是一种缘分，冥冥之中早就注定，让两个人在美好的时光中相逢。图书公司老板浦家麟先生借故邀请他来台北校对文稿，他便于1974年11月3日，下榻华美大厦。

此时的韩菁清，正在与台北"立法委员"谢仁钊争一本书——《远东英汉大词典》。

谢仁钊是韩菁清的姨夫。这天，谢仁钊由于几个生僻的单词不知如何拼写，来找韩菁清借此书，韩菁清却以本书花了一千多元为由，对他千叮咛万嘱咐，一定要谨慎着翻阅。谢仁钊有点不高兴,愤愤地说:"远东图书公司的老板,当年还是我送他出去留洋的呢。这种辞典,我去远东要多少本他就会给多少本。明天,我带你去远东,叫老板送你一本新的!"这本书的主编是梁实秋,他们就这样碰了面。

缘分的巧妙之处在于,你从来不知道什么时候遇见一个人,又在什么时间动了心。第二日,谢仁钊果真带着韩菁清来到远东图书公司,浦家麟亲自出门迎接,并献上一本《远东英汉大词典》。浦家麟无意间说起,本书主编梁实秋就下榻于此,问谢仁钊有没有兴趣与之会面。谢仁钊与梁实秋本就是老友,自然乐意相见。

就这样,梁实秋第一次见到韩菁清。谢仁钊盛情邀请梁实秋到统一饭店喝咖啡,好友相见,有着说不完的话,韩菁清插不上嘴。后来,一个朋友也来了统一饭店,谢仁钊忙着与朋友攀谈,被冷落的梁实秋便与韩菁清有了深入

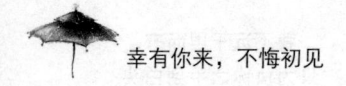

的了解。

梁实秋问她叫什么名字，韩菁清回答说是"韩菁清"。梁实秋觉得名字拗口，问她是谁起的。韩菁清便从《诗经·唐风·烟杜》中信口拎出一句话"其叶菁菁"。曾经，她想过叫"菁菁"的，但在台湾，有很多女艺人都起过这个名字。于是，她便改了最后一个字，叫自己菁清。

初次见面，年纪悬殊的两人竟然没有隔阂，反而在嬉笑交谈中，逐渐加深对彼此的认识。那时，他不再是孤傲于万人之上，敢与鲁迅论高下的大文豪梁实秋。她也不再是一呼百应，曾让万千男人着迷的影歌双栖美女韩菁清。

他们在彼此面前完全释放自己，将过去和未来毫无保留地展示给对方。他们分享着自己的快乐和忧愁，用一颗真心去交换另一颗真心。他不曾想到，暮年之时，还能如年轻人那样，再度怦然心动。而她的中年，也像是步入春天，迎来百花绽放，万物复苏。

> 我不远千里而来，
> 只为执你之手到白头

韩菁清告诉他，自己读过《孟子》，尤其喜欢李白、白居易、李商隐等诗人的作品。梁实秋听后分外惊诧，他何曾想到，在大染缸似的娱乐圈，居然会有如此博学的人。关于梁实秋，韩菁清也早有耳闻，她拜读过他的很多作品，甚至于，一些名篇都能张口吟诵。

自那以后，梁实秋每天都会来韩菁清的家中，或是与她探讨文学，或是聊一些新鲜事。韩菁清最初视他为长辈，未曾存在过多的顾虑。但日子久了，她发现梁实秋已经陷得越来越深，便于1974年12月1日，给他写了第一封信，并提出"请梁教授趁早了解我的为人"的话。

她明白二人的处境，想要拒绝，可碍于颜面，不好意思说出绝情的话。谁知，一石激起千层浪，梁实秋不仅没有知难而退，写下的情书反而像海啸般，一封接着一封地递过来。短短的四十几天，他们几乎天天见面，情书也是天天写。

爱上一个人时，当真会把自己折磨成疯子。梁实秋很久没有这种感觉了，他花尽力气，像二十几岁的小伙子般，一天写一封信，甚至两封、三封……他表达爱情的方式炙热而用力，韩菁清能最直接地感受到一个男人澎湃的爱潮。

在情书中，他称呼韩菁清从"菁清女士"到"菁清"，到"清清"，到"亲亲"，再到"小娃"。他的文字似乎有穿墙透地的力量，每一个字，每一句话，都写得那么令人动容。韩菁清手中捧着信笺，是惊喜，是享受，还夹杂着一份忐忑。

她在梳妆台玻璃镜上写着"世间没有爱情"的话语，她想告诫自己，一定要关掉爱河的闸门，千万不能犯错。在一次见面时，韩菁清突然对他说："我给你当个红娘吧？"梁实秋没有丝毫犹豫，脱口而出："我爱红娘。"至此，他们之间的这层窗户纸，终于算是捅破了。

韩菁清担心两人的年龄问题，对婚姻之事犹豫不决，

> 我不远千里而来，
> 只为执你之手到白头

便将自己过去的身世和盘托出。可他却满不在意，甚至当着韩菁清的面立即表态："不要说是悬崖，就是火山口，我们也只好拥抱着往下跳。""我只要拥有你，所谓拥有，不仅是你的身和心，还有名义，我要你做我的妻。"

在没有遇到梁实秋之前，韩菁清经历过几段感情，有过一次失败的婚姻。几十年的爱恨纠葛，早已使她变得麻木。试想，四十几岁的女人，最好的年华和青春都已被岁月埋葬，她焉能不向往安定的生活，焉能不想拥有一个幸福温暖的家？

终于，在千思万虑之后，韩菁清明确地给了梁实秋一个回应："我愿爱你，像你爱我，她真，她诚，好纯，好不平凡！爱：我被你的权威屈服了！统一了！我会永远效忠于你，心不二志！"

今生得此红颜，夫复何求？

两人不惧他人的目光，勇敢地拥抱在一起。眼下，他

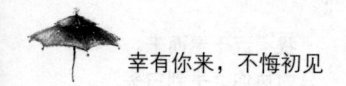

的生命不多了,他必须好好地活下去,用仅有的余生,还她一段美好的记忆。

虽然时间太短,但来得及……

(二)人在爱中即是成仙成佛成圣贤

2000年,世纪之初,82岁的杨振宁娶了28岁的翁帆,54岁的年龄差距,曾被新闻媒体称为"一场地震"。试想,30年前的梁实秋与韩菁清的爱情,该是怎样的一种处境。那时,理解他们的人所剩无几,站出来抨击他们的,却比沙尘暴来得还要凶猛……

1993年6月17日,韩菁清曾给读者写作一封信,说起过这段往事:"我们是很自然地熟悉、交往、恋爱而结婚的。因众多指责批评,而使他分秒必争,加速了婚礼进行曲!"梁实秋向来不在乎旁人的指责,在他的眼中,既然爱上了,就要义无反顾地坚持下去。

只是,声讨太过激烈了,他还是听到了一些风言风语。

有的人说,韩菁清早已过气,下嫁梁实秋是对大师的亵渎;有的人说,年轻美丽的女人嫁给年过七旬的老翁,不是图名,便是图利;还有的人说话更难听,他们觉得韩菁清嫁给梁翁,就是上演一出"婚姻诈骗"的戏码。待到梁翁作古,财产自然会转到她的名下。

梁翁的朋友们用"一树梨花压海棠"的典故讽刺他"老牛吃嫩草",他的学生更是组成"护师团",誓要反对这段姻缘到底。可这一切,在梁翁的心中,都敌不过韩菁清的眉眼低笑,以及那一句此生不渝的誓言。

为了打消梁翁迎娶韩菁清的念头,很多朋友向他介绍了各种职业的女士,譬如作家、律师、教授等等。他们以为,梁翁只是想结婚,只是想拥有一个安定祥和的家,安度余生。可有谁明白,于他而言,爱情远比婚姻更重要。他与

幸有你来，不悔初见

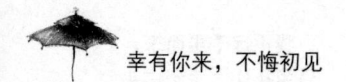

千千万万的人擦肩而过，花了近半辈子的时光，才遇到了一个韩菁清，怎能轻而易举地说散就散呢？

韩菁清告诉他：亲人，我不需要什么，我只要你在我的爱情中愉快而满足地生存许多许多年，我要你亲眼看到我的脸上慢慢地添了一条条的皱纹，我的牙一颗颗地慢慢地在摇，你仍然如初见我时一样用好奇的目光虎视眈眈。那才是爱的真谛，对吗？

梁实秋十分珍惜这段关乎生命的爱情，他很真挚地回应韩菁清：我像是一枝奄奄无生气的树干，插在一棵健壮的树身上，顿时生气蓬勃地滋生树叶，说不定还要开花结果。小娃，你给了我新的生命。你知道吗？你知道吗？……我过去偏爱的色彩是忧郁的，你为我拨云雾见青天，你使我的眼睛睁开了，看见了人世间的绚烂色彩。

这位谦卑而温和的学者，对人对事，自有一套处理方式。半个世纪前，他被鲁迅骂得体无完肤，两人论战近8年，

> 我不远千里而来，
> 只为执你之手到白头

写下 40 多万言、100 多篇文字。关于口诛笔伐，他经历得实在太多。而今，铺天盖地的议论，在他的面前，终将化作一丝风轻云淡的笑。

他动情地说道："我只是一个凡人——我有的是感情，除了感情以外我一无所有。我不想成佛！我不想成圣贤！我只想能永久和我的小娃相爱。人在爱中即是成仙成佛成圣贤！"外界的声讨一浪高过一浪，似乎他们越亲昵，反对者的声音就越高亢。

不过，无碍。

几十年的跌宕起伏，让他看清红尘里的磕磕绊绊。他不理会别人评头论足，不是不介意，而是早已平常视之。各大报刊、电视、媒体，针对他们发表了一系列带有攻击性的文章。他却拿出一生办报纸副刊的本领，为韩菁清创办了《清秋副刊》。

那边，是毫不留情的唇枪舌剑。

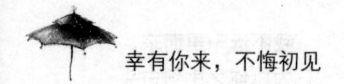

这边，是你侬我侬的爱恨缠绵。

爱情的苦也好，甜也罢，终究是自己的。别人压根就尝不到一分一毫的滋味，身为当事人，更加没必要与旁人分享什么。韩菁清曾意味深长地说过一句话："历史是人家的，传奇是人家的，世间嘈杂的耳语，不过是他人自说自话的意淫。"

有些爱情，似乎是命里定数。邂逅一个人也好，爱上一个人也罢，都在一次次巧合的会面中，顺理成章地在一起了。但倾心容易，表白难。很多时候，我们往往会对一个人动心，可如果真要说出心中爱意，又是千般万般地难以启口。

所以，如果有人能当着你的面说出"我喜欢你"四个字，一定是花光了所有的勇气。若是你也喜欢他，就和他勇敢地相爱吧。毕竟，遇见一个相互钟情的人太难了，错过，将会是一辈子的追悔莫及。

> 我不远千里而来,
> 只为执你之手到白头

1975年3月29日,梁实秋提着一皮箱韩菁清写给自己的信,飞回台湾。

他们相识5个月,相思60天。爱情的积淀虽然过于短暂,但两人还是手挽着手,在一片斥责声中,于此年的5月9日步入婚姻的殿堂。

婚礼排场不大,所请的人不多,但却温馨而浪漫。他穿上她为他精心准备的玫瑰红色的新郎装,脖颈下戴着一条橘黄色的领带,既是新郎,又是司仪。他站在大红色喜字面前,手中举着一杯红酒,献上一段颇为文雅的新郎致辞:

谢谢各位的光临,谢谢各位对我和韩小姐婚姻的关心。我们两个人是同中有异,异中有同。最大的异,是年龄相差很大,但是我们有更多相同的地方——相同的兴趣,相同的话题,相同的感情。我相信,我们的婚姻是会幸福的、美满的。

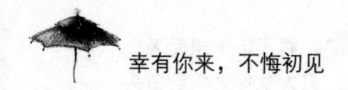

他们的新房安置在韩菁清的家中,两人婚后的生活舒适而温馨。梁翁很喜欢吃她做的饭菜,只几个月的时间,他就增重5斤之多。除了做饭,韩菁清还会帮他审阅稿子、装订手稿。由于梁翁年迈,身体越来越差,她就发挥自己的特长,教他跳舞,带着他多做些运动。这样一来,既能舒缓压力,又能缓解疲劳。

他们的感情,到了这一步,才算是真真正正地趋于稳定。

自后,那些曾经对此颇有微词的人,由原来的斥责,慢慢转变成艳羡和赞扬……

(三)我的爱有你才会完整

有句话虽然被人引用烂了,但我依然很喜欢:"死生契阔,与子相悦;执子之手,与子偕老。"真正美好的爱情,

> 我不远千里而来，
> 只为执你之手到白头

相信很多人都曾预想过。在最恰当的年纪相逢，就这样平平淡淡地，从青涩到鹤发，携手走过一辈子，不弃不离。

普通的老百姓式的夫妻，大多能走过 30 年、40 年，甚至是 50 年、60 年。而他们，却只在一起生活了短短 13 年。可这 13 年早已足够，他们用行动说服那些看热闹的人，爱情不分年纪、不分职业、不分阅历。一旦爱上了，便是无可救药，难以自拔。

婚后，她深情地说："我坦白地承认我曾有过无数次的罗曼史，不成熟的，稚气的，成熟的，多姿多彩的，但是，都已烟消云散，不复存在！现在这迟来的爱情才是实在的，坚固的，它会与世永存！"他亦充满感慨地回应："强烈的爱燃起了我心里的火。这圣火一经点燃是永不熄灭的。"

他们坚守着这份美好，以最好的生活状态，共同经历着各式各样的考验。年过古稀的梁实秋并没有因为成婚而享受安逸，他仍旧热衷于创作，笔耕不辍。每日起得很早，上午专心读书，下午坚持写作，每天保证至少写 5000 字。1976 年 6 月间，他在不懈努力下，居然创作完成了《英国文学史》和《英国文学选》，并且获得"国家文艺贡献奖"。

晚年的梁实秋如其他老人一样，被各种各样的疾病缠身。他害了耳聋和糖尿病，婚前他要戴着助听器，才能勉强听清别人的谈话。尤其两人刚交往那会儿，他穷尽力气，只为认真聆听她说出的每一个字、每一句话，生怕遗漏重要的信息。婚后，他取下助听器，因为韩菁清成了他的左右耳，若是在生活中碰到任何的谈话，她都会俯身贴耳小声转告他。

当然，他们之间的甜蜜不止这一件。虽然时光不待人，梁翁也因熬不过岁月，诸事变得力不从心。但好在有她，所以晚年的一切，打理得还算井井有条。她细心地照料他的起居，每晚必亲自下厨，煲一些他爱喝的汤。她想给他提供一个安定的生活环境，所以趁他前往美国与女儿同住

> 我不远千里而来,
> 只为执你之手到白头

的5年里,居然前前后后搬了三次家,最终才确定住在哪里。

他喜欢散步,她就挽着他的臂膀,从一条小巷穿到另一条小巷,天南海北胡聊间,不知不觉回到了家里。他们喜欢养猫,算作平时的乐子,因为双方年纪都大了,生不了孩子,他们就把猫当作自己的孩子照料,给予它无限的爱与温暖。

或许,这就是生活的真谛吧?

不需要多么跌宕起伏,不需要多么刻骨铭心,也不需要多么雍容华贵。只是简单的做自己想做的事,有最爱的人陪伴,不欺岁月,不负光阴,就足够了。

情侣之间的吵吵闹闹,他们也是有的。不过,寻常百姓的争吵,多是因为互相间的埋怨。而他们的矛盾爆发处,却是溺爱与呵护。垂暮之年,他经常吃一些有害的食品。韩菁清会因此大吵大闹,责怪他不注意保护健康。有时说了,他不听,她就跑进洗手间,不再理睬他。

这个时候，梁实秋会走到门前，哼唱起他们最爱的歌曲《总有一天等到你》。若是韩菁清仍旧生气，他便压低声音，装作悲痛的样子，唱起一首《情人的眼泪》。这一招确实管用，至少当听到那句"为什么要对你掉眼泪？你难道不明白为了爱，要不是有情郎跟我要分开，我的眼泪不会掉下来掉下来"时，韩菁清往往会弯身笑着走出来，对着他一阵娇嗔的责怪。

爱情的魔力在于，它能给予你无穷的力量。大概有了她的宽心照料，梁实秋才能多延长十年八年的寿命，才能与她牵手，走过一年又一年的四季，看遍漫山的红叶，踏遍无垠的白雪。

没错，因为有了爱和陪伴，余生再多的苦与累，终将成为一缕青烟，风吹来，便飘散。可是，这个世上哪有长生不老的人？过了80岁，他时常会想到自己的后事。他害怕，万一哪天真的走了，撇下孤苦无依的她，该是多么

> 我不远千里而来,
> 只为执你之手到白头

残忍。为此,他趁着韩菁清前往香港办事的空当,提笔写下一封催人泪下的信:

我首先告诉你,启从十年前在华美一晤我就爱你,到如今进入第十个年头。我依然爱你,我故后,你不必悲伤,因为我先你而去是我们早就料到的事。我对你没有什么不放心。我知道你能独立奋斗生存,你会安排你认为最好的生活方式。

十年来你对我的爱,对我的照顾,对我的宽容,对我的欣赏,对我所作的牺牲,我十分感激你。

爱一个人,我们往往喜欢用一辈子许诺,如果不够用,就再拉上下辈子。可是,真正的爱是一分一秒的陪伴啊,若是两人之间缺乏互相间的关照,那用再多的时间去维系感情,又有什么用呢?

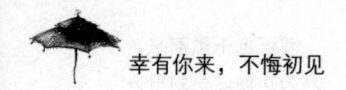

尽管他努力为自己争取时间，可上天，还是剥夺了他最后的抗争。他自始至终都未对韩菁清说过一生一世的诺言，因为他知道，若是面临死亡，他肯定是第一个。

在生命的尽头，梁实秋拼尽全力，喊出一句："清清，我对不起你，怕是不能陪你了！"他不想走这么早，他舍不下清清，舍不下他们13年来的朝夕相伴，舍不下这段好不容易才坚持下来的感情。可是，他舍不得，又能有什么法子呢？

临终前，他发出强烈的求生欲望：

"救我——"

"大量的氧气，我要大量的氧气！"

"我要死了！"

"给我大量的氧！"

现在，他最放心不下的，仍旧是她。13年的朝夕相伴，4000多个爱与怨的日子，转眼之间，竟然快如闪电，消失

> 我不远千里而来，
> 只为执你之手到白头

不见。这年，他84岁，她也已56岁。

有人说，韩菁清之所以嫁给梁实秋，贪慕的无外乎钱和名。实际上，韩菁清寡居时比梁实秋做鳏夫时还有钱，她的父亲韩惠安是湖北的大盐商，买房子不是一幢一幢地买，而是一条街一条街地买。故而，于她而言，再多的钱财也是一堆粪土。至于名，她在没有遇到梁实秋之前，早已名冠台湾，又何须借他扬名呢？

世间的事，又怎是三言两语能说明白的？尤其是爱情，只要动了心，种下情，便是一辈子的坚守。他晚年，若是没有她的陪伴，或许会走得相当安详，至少对这个世界不会有太多的留恋。他的下半辈子，正是因为有了她，才过得相当完美，每日都焕发着新的光彩。

他和她还没有痴缠够，他却敌不过时间，先她而去……

如今，斯人作古，旧迹难寻。唯独那一段佳话，在千百人的流传中，芳香不老，万世长存。

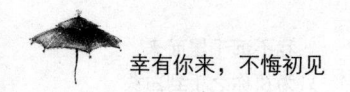

尺素·遥寄

他去世后,她的心也跟着死了。

她花重金,在台湾淡水北新庄北海公园墓地,为他高高筑起一座坟茔。她面朝黄土,为其写下字句带血的碑文,一边泪流,一边哼唱起哀婉的歌与之惜别。这么多年,很多事也许都记不清了,可有一件事,她一直在做,风雨无阻。

她照旧给他写信,就如同他还活着。每隔一段时间,她会带着一沓信来到他的坟前,然后一封封地拿出来,念给他听,再焚化于墓前,遥望着袅袅的青烟,寄托着无限的思念。

独居的日子里,韩菁清也没闲着。她空闲之余,积极帮他整理遗作,而后交给出版社校对出版。她还经常与他

> 我不远千里而来，
> 只为执你之手到白头

的女儿一起，来大陆看望梁实秋的老朋友们，比如他生前经常念叨的朋友冰心，以及老舍的妻子。

大抵受到了梁实秋的影响，韩菁清的散文水平越发老练。她写过一篇《秋的怀念》的文章，如同他们刚认识时，他为她单独创办过的杂志——《清秋副刊》。文字间记录的，全是二人熟悉的过往。每每读到，总会被他们的爱情深深打动：

古今中外，不分贫富，每天都有许多爱的故事，我与梁实秋的恋爱虽有点传奇，结婚却非常简单地在一家小餐厅举行，和普通平民百姓没有什么两样。

十三年中，我们过着平凡幸福的日子，他每晨散步、写作，晚上看书，我每天莳花照顾猫咪们，更照顾他的饮食起居，有福同享，有难同当，互敬互爱，知己知彼，双方从恋爱到结婚，双方都付出了相当大的代价，当年写情

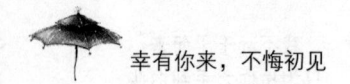

书时，没有想到未来是个什么样的结局，也想不到今天在海峡两岸出版这本书。

……

的确，爱情不是一种儿戏，爱情是一种极神圣的东西，爱情是无价之宝，爱情是一种伟大的使命，夫妻都要担当！保持永远的美好！

愈是得来不易的爱情，愈要格外珍惜，人生苦短，应该多爱对方一些，使生命变得有活力，生活在一起，是几生修来的缘分，我们没有辜负上天的安排，我们的十三年每天都拥有了甜蜜、美满和幸福，从我认识梁教授的第一天开始，直到今天出书，我以他为荣，他和这本书永远陪伴着我，继续地在降福于我，梁教授在我心目中他是伟人，虽然巨人离席，虽死犹存！

谢谢全世界的读者都爱他，比爱我，我更高兴。我与他是两位一体不可分割的，天上人间，我们仍在互诉衷情，

> 我不远千里而来,
> 只为执你之手到白头

心心相印!我和他的爱情就是这样一直延绵下去,永远、永远、爱个没完!

——节选自梁韩菁清《秋的怀念》

梁实秋去世7年后,她因中风住进医院,怎奈因医治无效而仙逝,终年63岁。没有人知道她葬在了哪里,但可以确信的是,她没有葬在美国槐园,因为那块墓地至今都是空的。

多年以来,她以真性情,与梁实秋爱得通透,爱得惊世骇俗。她从来都是那么直接,喜欢便是喜欢,不刻意,不做作。他们的爱情过于华美短暂,仿佛是一束烟花,冲天而散的那一刻,火光炫丽而夺目。有时想想,人的一辈子,有一次这样的经历也就够了。

毕竟,人间自是有情痴,此事不关风和月。

爱就爱了,无须纠结……

后 记

当我敲下这一行字的时候,已经是夜晚 10 点钟了。由于创作室的灯坏了,我只能打开阳台的灯,借着微弱的光芒,继续写下面的内容——

我喜欢暗暗无垠的黑夜,喜欢站在窗台前,手里端着一杯泡好的咖啡,望向天边的月色,暗自发呆。等平复下心后,再回到电脑桌前码字,将思绪和灵感源源不断地打进文档中。

这本书于我而言尤为重要。

它是我迄今为止出版的第十部作品,也是我创作生涯

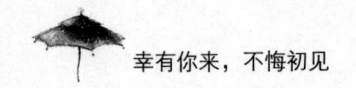

中最为重要的一部。在此之前,我出版的大多是人物传记,有小说体,有记叙体,有散文体,还有随笔体。可人物合集类的随笔,这却是第一部。每一部作品,我都希望有新的突破、新的迸发点。这一部也不例外。

相比较单行本的人物传记,本书则需要更凝练、更一针见血的笔法。虽然我是初次尝试,但还是希望能得到大家的认可和喜欢。2017年4月份,我开始着手写样章,查阅了很多资料后,才开始动笔,直到6月份,才完成初稿。

这期间,我还在横店创作一部电视剧剧本,相信不久后就能跟大家见面了。今后,我依然坚持写书,依然会给读者们带来既有文化营养,又有可读性的作品。在我看来,剧作和文学创作,应该算是两个领域,至少不能混作一谈。

我享受写剧本时的脑洞大开,也喜欢安静时,沐浴着月华,一个人读读书、写写随笔。这两者不仅不矛盾,反而更令我欢喜。未来,就暂且如此地创作下去吧。

后记

最后,感谢一路支持我的朋友、读者们,若非你们的鼓励,我不可能坚持到现在。在此,我愿每位怀揣理想的朋友,都能踏上追梦的轮渡,不惧艰难困苦,向着希冀的远方勇敢地航行……

晓松溪月

2017 年 6 月 13 日于浙江横店南江名郡